Los Escritos Irreverentes

Por

Mark Twain

Copyright del texto © 2023 Culturea ediciones
Sitio web : http://culturea.fr
Impresión: BOD - Books on Demand
(Norderstedt, Alemania)
Correo electrónico : infos@culturea.fr
ISBN :9791041811458
Depósito legal : abril 2023

LAS CARTAS DE SATÁN DESDE LA TIERRA

El Creador estaba sentado en su trono, pensando. A sus espaldas se extendía el ilimitado continente del cielo, impregnado en un glorioso resplandor de luz y color; y ante Él se elevaba, como un muro, la negra noche del Espacio. Su poderosa mole se alzaba hacia el cenit robusta como una montaña coronada por su divina cabeza, que relucía como un sol distante. A sus pies se erguían tres personajes colosales, disminuidos por contraste casi hasta la extinción; eran los arcángeles, cuyas cabezas le llegaban a la altura del tobillo.

Cuando el Creador terminó de pensar, dijo:

—He pensado. ¡Mirad!

Levantó la mano y de ella surgió un chorro de fuego pulverizado, un millón de soles fabulosos que hendieron y surcaron la oscuridad, alejándose y alejándose, menguando en tamaño y brillo al penetrar los distantes confines del Espacio, hasta convertirse en minúsculos diamantes refulgiendo bajo la inmensa bóveda del universo.

Al cabo de una hora, el Gran Consejo se disolvió.

Impresionados y pensativos, los miembros se alejaron de la Presencia y se retiraron a un lugar privado para poder hablar con libertad. Ninguno de los tres parecía dispuesto a iniciar la conversación, prefiriendo que lo hiciera algún otro. Todos deseaban ardientemente discutir el gran acontecimiento, pero no deseaban comprometerse hasta saber cómo lo valoraban los demás. Así que hubo un cruce de palabras vagas y titubeantes sobre temas sin importancia; y aquello se prolongó tediosamente sin llegar a ninguna parte, hasta que finalmente el arcángel Satán se armó de valor —cosa de la que estaba sobradamente aprovisionado— y rompió el hielo.

—Señores, sabemos de lo que hemos venido a hablar —dijo—, así que más nos vale dejar de buscar pretextos y empezar de una vez. Si el Consejo está de acuerdo…

—¡Lo está, lo está! —dijeron Gabriel y Miguel, interrumpiendo agradecidos.

—Muy bien, entonces; procedamos. Hemos presenciado algo extraordinario; en esto estamos necesariamente de acuerdo. En cuanto al valor que pueda tener, si es que lo tiene, no es asunto que nos concierna personalmente. Podemos tener cuantas opiniones queramos sobre ello, pero sin ir más allá. No tenemos voto. Creo que el Espacio estaba bien como estaba, y además resultaba útil. Era un lugar frío y oscuro, perfecto para descansar del Cielo, con su clima delicado y sus fatigosos esplendores. Pero estos son detalles sin demasiada importancia. La novedad, la colosal novedad, ¿cuál es, señores?

—¡La invención e introducción de una ley automática, que no precisa supervisión ni regulación, para gobernar esas miríadas de soles y mundos que giran y avanzan a toda velocidad!

—¡Eso es! —dijo Satán—. Admitiréis que se trata de una idea fabulosa. Nada que se le parezca había surgido hasta ahora de la Suprema Inteligencia. ¡Toda una Ley! ¡Una ley automática, exacta e invariable que no requiere vigilancia, corrección ni reajuste alguno en toda la eternidad del tiempo! ¡Nos ha dicho que esos incontables cuerpos enormes surcarán las oquedades del Espacio a una velocidad inimaginable por los siglos de los siglos, trazando órbitas formidables, pero sin chocar jamás y con períodos orbitales que en dos mil años no se prolongarán ni acortarán más de la centésima parte de un segundo! ¡Ese es el nuevo milagro, el mayor de todos! ¡La Ley Automática! Le ha dado como nombre la Ley de la Naturaleza, pero ha dicho que la Ley Natural es la Ley de Dios. Es decir, que son dos nombres intercambiables para una sola y única cosa.

—Sí —dijo Miguel—. Y ha dicho que va a imponer esa Ley Natural o de Dios en todos sus dominios y que su autoridad será suprema e inviolable.

—También ha dicho que con el tiempo creará animales —intervino Gabriel—. Y los pondrá asimismo bajo la autoridad de dicha ley.

—Sí —dijo Satán—. Le he oído decirlo, pero no lo entiendo. ¿Qué son los animales, Gabriel?

—Ay, ¿cómo quieres que lo sepa yo? ¿Cómo vamos a saberlo cualquiera de nosotros? Es un mundo nuevo.

Pasa un intervalo de tres siglos en tiempo celestial, equivalente a cien millones de años en tiempo terrenal. Entra un Ángel Mensajero.

—Señores, está creando los animales. ¿Les complacería venir a verlo?

Fueron, vieron y se quedaron perplejos. Verdaderamente perplejos. El Creador, al darse cuenta, les dijo:

—Preguntad. Yo os responderé.

—Oh Divino —dijo Satán en tono respetuoso—. ¿Para qué sirven?

—Son un experimento en Moral y Conducta. Observadlos y os instruiréis.

Había miles de ellos. Mostraban una enorme actividad. Estaban ocupados, muy ocupados, sobre todo en perseguirse unos a otros.

Tras examinar a uno de ellos con un poderoso microscopio, Satán comentó:

—Esta bestia tan grande está matando a los animales más débiles, oh Divino.

—El tigre, sí. La ley de su naturaleza es la ferocidad. La ley de su naturaleza es la Ley de Dios. No puede desobedecerla.

—Entonces, ¿al obedecerla no comete ofensa alguna, oh Divino?

—No. Es inocente.

—Esta otra criatura de aquí es tímida, oh Divino, y sufre la muerte sin resistirse.

—El conejo, sí. No posee valor. Es la ley de su naturaleza, la Ley de Dios. Debe obedecerla.

—Entonces, ¿no se le puede pedir honorablemente que oponga resistencia a su naturaleza, oh Divino?

—No. A ninguna criatura se le puede requerir honorablemente que se enfrente a la ley de su naturaleza, la Ley de Dios.

Al cabo de un buen rato y tras responder muchas preguntas, Satán dijo:

—La araña mata a la mosca y se la come. El pájaro mata a la araña y se la come. El gato montés mata al ganso. El… En fin, todos se matan entre sí. Es asesinato, una y otra vez. Estamos ante incontables multitudes de criaturas y todas matan, matan, matan. Todas son asesinas. ¿Y no se las puede culpar, oh Divino?

—No se las puede culpar. Es la ley de su naturaleza. Y la ley de la naturaleza es siempre la Ley de Dios. Ahora, observad, ¡mirad! Una nueva criatura, la obra maestra… ¡el Humano!

Entonces llegó una manada de hombres, mujeres y niños en tropel, millones de ellos.

—¿Qué vas a hacer con ellos, oh Divino?

—Daré a cada individuo, con grados y matices, las diversas Cualidades Morales distribuidas con una sola característica distintiva entre el mundo animal: valor, cobardía, ferocidad, mansedumbre, hermosura, justicia, astucia, alevosía, magnanimidad, crueldad, malicia, lujuria, misericordia, piedad, pureza, egoísmo, amabilidad, honor, amor, odio, vileza, nobleza, lealtad, falsedad, veracidad, deshonestidad… Cada ser humano estará dotado de todas esas Cualidades, y constituirán su naturaleza. En unos las propiedades buenas y elevadas anularán a las malas y esos se llamarán humanos buenos; en otros predominarán las propiedades malas, y esos se llamarán humanos malos. Ahora, observad. ¡Ved cómo desaparecen!

—¿Dónde han ido a parar, oh Divino?

—A la Tierra, ellos y todos sus compañeros los animales.

—¿Qué es la Tierra?

—Un pequeño globo que creé hace dos eternidades y media. Lo visteis, pero no os fijasteis bien, pues estaba incluido en la explosión de mundos y soles que salieron disparados de mi mano. El humano es un experimento y los demás animales también lo son. El tiempo dirá si han merecido la pena. La demostración ha terminado. Os podéis retirar, señores.

Pasaron varios días. Esto supone un largo periodo de (nuestro) tiempo, ya que en el cielo un día dura mil años.

Satán había estado haciendo elogiosos comentarios sobre las admirables obras del Creador, comentarios que, entre líneas, eran sarcasmos. Creía estar hablando en confianza con sus buenos amigos, los otros arcángeles, pero le habían oído unos ángeles comunes, que informaron de ello a la Sede Central.

Al saberse se le condenó al destierro durante un día, es decir, un día celestial. Era un castigo al que estaba acostumbrado, debido a que tenía la lengua algo floja. A falta de otro lugar, siempre le deportaban al Espacio, donde se dedicaba a revolotear tediosamente por la noche eterna, en la que hacía un frío ártico. Pero en esta ocasión se le ocurrió seguir avanzando en busca de la tierra, para ver cómo iba el experimento de la Raza Humana.

Pasado un tiempo escribió a casa para desahogarse en privado con san Miguel y san Gabriel.

LAS CARTAS DE SATÁN

CARTA 1

Este es un lugar extraño, un lugar extraordinario e interesante. En casa no hay nada que se le parezca. Las personas están todas locas y los demás animales también. La Tierra está loca, como la mismísima Naturaleza, que también lo está. El Humano es una curiosidad maravillosa. En el mejor de los casos, es una especie de ángel de grado inferior bañado en níquel; en el peor de los casos, es un ser inefable, inimaginable. Pero desde el principio hasta el final y siempre, es un sarcasmo. Sin embargo, ingenuamente y con toda sinceridad, se llama a sí mismo, «la obra más noble de Dios». Esto que os digo es verdad. Y no es una idea nueva en él; sino que la repite desde tiempos inmemoriales, tanto que ha acabado por creérsela, sin que nadie en toda su raza sea capaz de reírse de ella.

Es más, si me permitís alargarme un poco, el humano se considera el animal preferido del Creador. Está convencido de que el Creador no sólo está orgulloso de él, sino que le quiere, que tiene pasión por él y que se pasa las noches en vela, rendido de admiración, sí, vigilándolo y manteniéndolo fuera de peligro. Cuando reza, está convencido de que el Creador le escucha. ¿No es una idea pintoresca? Llena sus oraciones de halagos torpes, burdos y floridos, persuadido de que el Creador se sienta y ronronea de placer al oír tales extravagancias. No pasa un día sin que rece para pedir socorro, favores y protección, siempre con optimismo y confianza, aunque ninguno de sus ruegos haya recibido respuesta jamás. La afrenta diaria, la derrota constante, no le desaniman, pues sigue rezando como si nada. Hay algo casi hermoso en esta perseverancia. Pero permitidme que me exceda algo más. ¡El humano cree que va a ir al cielo!

Al fin y al cabo, tiene unos maestros asalariados que se lo dicen. Como le dicen que hay un infierno de hogueras eternas al que irá si no cumple los Mandamientos. ¿Y qué son los Mandamientos? Pues toda una curiosidad. Ya os hablaré de ellos más adelante.

CARTA 2

«Nada os he dicho sobre el humano que no sea verdad». Os ruego que me perdonéis si repito ese comentario aquí y allá en estas cartas. Quiero que os toméis en serio todo esto que os cuento y creo que si vosotros estuvierais en mi lugar y yo en el vuestro, necesitaría ese recordatorio de cuando en cuando para evitar que flaqueara mi credulidad.

Lo cierto es que todo lo relativo al ser humano le resulta extraño a un inmortal. No ve nada como lo vemos nosotros. Su sentido de la proporción es muy distinto del nuestro y su escala de valores es tan diferente en todo, que pese a nuestra gran capacidad intelectual, no es probable que ni el más dotado de nosotros consiga comprenderla jamás.

Por ejemplo, he aquí una muestra: el humano ha imaginado un Cielo, pero privándolo de la delicia suprema, el éxtasis que ocupa el primer lugar en el corazón de todos los individuos de su raza —y de la nuestra—: ¡la relación sexual!

Es como si a un ser moribundo y perdido en un desierto calcinado se le presentara un salvador diciendo que le iba a conceder todos sus deseos salvo uno, ¡y eligiera quedarse sin agua!

Su cielo es como él mismo: extraño, interesante, asombroso, grotesco. Os doy mi palabra, no hay en ese lugar ni una sola característica que el humano valore realmente. Consiste —absoluta y totalmente— en diversiones que, importándole poco menos que nada aquí en la Tierra, cree que le gustarán en el Cielo. ¿No es curioso? ¿No es interesante? No penséis que exagero, pues no es así. Os voy a dar más detalles.

La mayoría de los humanos no canta, pues en general no saben cantar ni están dispuestos a quedarse donde haya otros cantando, si esto se prolonga más de dos horas. Tomad buena nota de ello.

Sólo unos dos humanos de cada cien son capaces de tocar un instrumento musical, y apenas unos cuatro de cada cien tienen deseo alguno de aprender a hacerlo. Que os quede claro.

Muchos humanos rezan, pero a pocos les gusta hacerlo. Algunos rezan largo y tendido, mientras el resto toma el camino más corto.

Más humanos van a misa de los que quieren ir.

Para cuarenta y nueve de cada cincuenta humanos, el domingo es un aburrimiento verdaderamente tremendo.

De todos los humanos que van a misa el domingo, dos tercios se hartan cuando el sermón está a medio acabar y el resto antes de que acabe.

El momento más feliz para todos ellos es cuando el predicador alza las manos para dar la bendición. Se escucha entonces un murmullo de alivio que recorre la iglesia, cargado de la más sincera gratitud.

Toda nación desprecia al resto de las naciones.

Toda nación tiene antipatía a las otras naciones.

Todas las naciones blancas sienten aversión por las naciones de color, sea cual sea este, y las oprimen cuando pueden.

Los humanos blancos no se asocian con los humanos negros, ni se casan con ellos.

Les tienen prohibido entrar en sus colegios e iglesias.

El mundo entero odia a los humanos judíos y sólo los tolera si son ricos.

Os ruego que toméis buena nota de todos estos detalles.

Más aún. Los humanos que están en sus cabales odian el ruido.

Todos, cuerdos o dementes, quieren tener variedad en su vida. La monotonía les hastía rápidamente.

Cada humano, según el equipamiento mental que le haya tocado en el reparto, ejercita el intelecto a todas horas, constantemente, práctica que constituye una parte enorme, apreciada y esencial en su vida. Desde los intelectos inferiores hasta los más dotados, todos poseen alguna destreza que les da un enorme placer probar, demostrar y perfeccionar. El pillo que supera a su compañero en los juegos se aplica a ellos con tanta diligencia y entusiasmo como el escultor, el pintor, el pianista, el matemático y demás. Ninguno de ellos podría ser feliz si se pusiera en entredicho su talento.

Pues bien, ahí tenéis los hechos. Ahora sabéis de qué disfruta la raza humana y de qué no. Curiosamente, sus gentes han inventado un Cielo sacado de la nada. ¿A que no adivináis cómo es? Ni en mil quinientas eternidades seríais capaces de averiguarlo. La mente mejor dotada que conozcáis, o al menos que conozca yo, no lo conseguiría ni en cincuenta millones de eones. Pues bien, os contaré cómo es.

1) En primer lugar, fijad vuestra atención en el hecho extraordinario con que comencé. Es decir, que el ser humano, igual que nosotros, los inmortales, sitúa la relación sexual muy por encima del resto de los placeres, ¡pero la ha dejado fuera del Cielo! La sola idea del sexo le excita; la oportunidad de practicarlo le enloquece. En semejante estado es capaz de arriesgar la vida, el honor, todo —hasta ese Cielo suyo tan peculiar— para aprovechar la ocasión de alcanzar el clímax. Desde la juventud hasta la mediana edad, hombres y mujeres aprecian la cópula por encima de todos los demás placeres juntos, pero sucede lo que os vengo diciendo: no lo han incluido en el Cielo, donde la oración ocupa su lugar.

Sin embargo, pese a la importancia que le conceden, es tan pobre como el resto de los llamados «placeres». En el mejor y más prolongado de los casos, el acto es tan breve que no os lo podéis ni imaginar, como inmortales que sois, claro está. En cuanto a la repetición, el acto humano es muy limitado. ¡Ay, cuán por debajo queda del concepto inmortal! Nosotros, que lo prolongamos durante siglos con todos sus supremos placeres intactos, jamás podremos entender ni compadecer adecuadamente la terrible pobreza de estas gentes respecto a un valioso don que, tal como nosotros lo disfrutamos, convierte el resto de las posesiones en algo tan trivial que ni merece un inventario.

2) En el Cielo humano, ¡todo el mundo canta! Quien no cantaba en la Tierra, canta allí. Quien era incapaz de cantar en la Tierra, sabe hacerlo allí. Este canto universal no es corto o esporádico, ni se ve aliviado por intervalos de silencio, sino que sigue todo el día, y todos los días, durante doce horas seguidas. Y todos se quedan a oírlo, mientras que en la Tierra el sitio

correspondiente se habría vaciado en dos horas. En el Cielo sólo se cantan himnos. Mejor dicho, un solo himno. Las palabras son siempre las mismas, en número sólo son una docena; no hay rima, no hay poesía: «¡Aleluya, aleluya, aleluya, Dios Señor del Cielo! ¡Hurra, hurra, hurra! ¡Sí! ¡Bum! ¡Aaaah!».

3) A todas estas, cada uno tiene su arpa —¡los millones y millones de humanos que son!—, aunque cuando estaban en la Tierra ni veinte de cada mil sabían tocar un instrumento, ni tenían el menor interés en aprender.

Imaginaos el estruendo de un huracán ensordecedor. ¡Millones y millones de voces gritando juntas! ¡Millones y millones de arpas rechinando los dientes a la vez! Decidme: ¿No es siniestro, tremebundo y espantoso?

Pues resulta que es un acto de alabanza. ¡Un elogio, un halago, una adulación! ¿Os preguntáis quién estará dispuesto a soportar este extraño halago, este elogio enajenado? ¿Y quién no sólo lo soporta, sino que lo aprecia, lo disfruta, lo pide, lo exige? Pues contened la respiración.

¡Es Dios! El Dios de esta raza, quiero decir. Sentado en su trono, con su corte de veinticuatro ancianos y demás dignatarios, pasea la mirada sobre sus millones y millones de apasionados fieles, esboza una tierna sonrisa y asiente satisfecho en dirección al norte, al este y al sur. El espectáculo más pintoresco y tontorrón que haya podido imaginarse jamás, creo yo.

Huelga decir que el inventor de los cielos no tuvo la idea por su cuenta, sino que la copió de las ceremonias de oropel de una de esas pobres soberanías perdidas por las plantaciones del Oriente.

Como decíamos, todas las personas cuerdas de raza blanca odian el ruido. Sin embargo, han aceptado tranquilamente un cielo semejante sin pararse un minuto a pensar, reflexionar ni examinar el asunto. Además, ¡están deseando llegar! Ancianos canosos y profundamente devotos dedican una gran parte de su tiempo a soñar con el momento en que abandonen las preocupaciones de esta vida para entrar en la felicidad de aquel lugar. Pero se ve claramente lo irreal que les parece y lo poco que les preocupa como hecho verídico, pues no se preparan ni hacen prácticas para el gran cambio que se les avecina: jamás se ve a ninguno de ellos con un arpa, ni se les oye cantar.

Como habéis visto, el insólito espectáculo que os he descrito es un acto de alabanza. Es decir, alabanza mediante himno y postración. Sustituye a la susodicha «misa». Lo curioso es que en la Tierra estas gentes son incapaces de soportar una misa muy larga. El límite es de una hora y cuarto y lo han dejado en una sola vez a la semana: el domingo. En resumen, un día de cada siete y que no esperan con demasiada anticipación. Pues bien, pensad en lo que les ofrece el cielo. ¡Una misa eterna y un domingo interminable! Pese a lo mucho que les hastía esta breve devoción semanal, están deseando que les llegue el domingo eterno. Es más, sueñan con ello y hablan de ello, porque quieren creer que van a disfrutarlo. Con toda la simpleza de su corazón, ¡se quieren convencer de que van a ser felices!

Esto es porque no piensan; sólo quieren creer. Pero son incapaces de pensar. De cada diez mil humanos no hay ni dos que tengan algo de cerebro. Y en cuanto a imaginación se refiere, ¡fijaos en su Cielo! Lo aceptan, lo aprueban, lo admiran. Eso os dará su medida intelectual.

4) El inventor del Cielo humano mete allí, en el mismo revoltijo, a todos los países del mundo. Todos en absoluta igualdad, sin que ninguno destaque sobre los demás. Tienen que ser «hermanos», es decir, mezclarse, rezar, tocar el arpa, cantar los aleluyas juntos —blancos, negros, judíos— todos sin distinción. Aquí en la Tierra todos los países se odian y el mundo entero odia al judío. Pero todo humano piadoso adora ese Cielo y quiere entrar en él. Lo desea de verdad. Y cuando entra en un éxtasis místico quiere creer que si estuviera en el Cielo amaría al populacho con todo su corazón. ¡Allí todo serían abrazos, abrazos y más abrazos!

¡Qué maravilla de criatura! ¿Quién la habrá inventado?

5) Cada humano de la Tierra posee algo de inteligencia en mayor o menor grado, pero, tenga el cerebro que tenga, está orgulloso de tenerlo. Y todo humano saca pecho cuando se le nombra a los majestuosos jefes intelectuales de su raza, cuyas espléndidas hazañas adora oír contar. Como tienen la misma sangre, al honrarse a sí mismos le han honrado a él. «¡Mirad de lo que es capaz la mente del humano!», exclama. Entonces recita la lista de los humanos ilustres de todos los tiempos, repasando las literaturas imperecederas que han dado al mundo, los ingenios mecánicos que han inventado, las glorias con las que han ornado la ciencia y el arte. Ante ellos se descubre como ante los mismísimos monarcas, rindiéndoles el más profundo homenaje, el más sincero que puede dar su jubiloso corazón, exaltando así el intelecto sobre todas las cosas del mundo, entronizándolo bajo la bóveda de los cielos en una supremacía inalcanzable. ¡Y entonces se inventa un cielo que no tiene ni un ápice de intelectualidad por ninguna parte!

¿No os parece extraño, curioso, desconcertante? Pues es tal y como os digo, por increíble que parezca. Este humano, un sincero adorador del intelecto pródigo en premiar sus poderosos servicios aquí en la Tierra, ha inventado una Religión y un Cielo que no rinden el menor homenaje al intelecto, desprovisto de toda distinción o grandeza. De hecho, ni siquiera lo mencionan.

A estas alturas habréis notado que el Cielo está pensado y construido con un plan muy concreto, de tal modo que contiene en escrupuloso detalle todas y cada una de las cosas imaginables que le resultan repugnantes al ser humano

¡y ni una sola de las que le gustan!

Pues bien, cuanto más avancemos más aparente será este hecho tan curioso.

Tomad buena nota: en el Cielo humano no se ejercita la inteligencia, ni hay nada en lo que poder emplearla. Allí un intelecto corriente se pudriría en un año. Acabaría podrido y apestoso. Podrido y apestoso, es decir, bendito. Al fin sería un cerebro sagrado, pues sólo lo sagrado puede resistir las alegrías de semejante enajenación.

CARTA 3

Ya os habréis dado cuenta de que el ser humano es un curioso espécimen. Desde tiempos inmemoriales ha tenido cientos y cientos de religiones (que va usando y descartando). Hoy día también tiene cientos y cientos de religiones y todos los años estrena no menos de tres nuevas. Esta cifra podría aumentarse y seguiría siendo correcta.

Una de sus religiones principales es la llamada cristiana. Un esbozo de ella os interesará. Está explicada en detalle en un libro de dos millones de palabras, llamado el Antiguo y Nuevo Testamento. También tiene otro nombre: la Palabra de Dios. Pues un cristiano cree que cada palabra del libro fue dictada por Dios, el mismo Dios del que os vengo hablando.

El libro está lleno de interés. Tiene poemas elevados, fábulas ingeniosas, pasajes de historia sangrienta, algún que otro principio moral, una enorme profusión de obscenidades y más de mil mentiras.

La mayor parte de esta Biblia está construida con fragmentos de otros libros sagrados que cayeron en desuso. Por tanto, es tan poco original como cabría esperar. Los tres o cuatro acontecimientos formidables e impresionantes que contiene vienen todos de las Biblias anteriores. Sus mejores preceptos y normas de conducta proceden también de esas Biblias. En esta sólo hay dos cosas nuevas: el Infierno, para empezar, y ese Cielo tan singular del que ya os he hablado.

¿Qué hacer ante esto? Si pensamos, como estas gentes, que su Dios fue capaz de inventar semejantes crueldades, lo calumniamos. Pero si creemos que estas gentes lo han inventado todo por su cuenta, entonces los calumniados son ellos. Sea como fuere, se trata de un dilema desagradable, pues ninguno de los dos bandos nos ha hecho daño alguno.

En pos de la tranquilidad, optemos por uno de los dos. Unamos fuerzas con las gentes y carguémosle a él con todo el lastre del Cielo, el Infierno, la Biblia y demás. No parece correcto ni justo, pero viendo ese cielo tan angustiosamente lleno de todo cuanto repugna a un ser humano, ¿cómo vamos a creer que lo ha inventado un ser humano? Y cuando os hable del infierno os abrumaré tanto que probablemente me digáis: «No, un humano jamás imaginaría un lugar semejante, ni para sí mismo ni para nadie. Es sencillamente incapaz».

Esa inocente Biblia explica cómo fue la Creación. ¿De qué? ¿Del Universo? Pues sí, del Universo… ¡En seis días!

Lo hizo Dios, aunque no lo llamó Universo. Ese es el nombre moderno. Dios se dedicó por completo a este mundo de aquí. Lo construyó en cinco días, ¿y cómo lo acabó? ¡Resulta que tardó un sólo día en hacer veinte millones de soles y ochenta millones de planetas!

¿Y para qué servían, según él? Pues para dar luz a su pequeño mundo de juguete. Esa era toda su justificación; no tenía otra. Uno de los veinte millones de soles (el más pequeño) lo iluminaría durante el día y el resto era para ayudar a una de las incontables lunas del universo a modificar la oscuridad de sus noches.

Pensaba sin duda que sus cielos recién hechos aparecerían colmados de los diamantes de sus miríadas de estrellas cegadoras desde el mismo instante en que el sol del primer día se hundiera bajo el horizonte. Lo cierto es que no titiló una sola estrella en esa bóveda negra hasta tres años y medio después de ultimarse las formidables obras de aquella semana memorable. Entonces apareció una estrella sola y abandonada que empezó a brillar de pronto. Tres años después apareció otra. Las dos lucieron juntas durante más de cuatro años antes de que se les uniera una tercera. Al cabo de los cien primeros años no llegaban a veinticinco las estrellas que parpadeaban en la inmensidad de aquellos lóbregos cielos. Y mil años después aún no se veían las suficientes estrellas como para considerarlas un espectáculo. Un millón de años después, apenas la mitad del elenco actual penetraba con su luz los confines telescópicos, y las demás tardaron otro medio millón de años en seguir la corriente, como se suele decir. Al no existir entonces el telescopio su advenimiento pasó inadvertido.

El astrónomo cristiano lleva unos trescientos años sabiendo que no fue su Deidad quien hizo las estrellas durante esos seis días tan tremebundos, pero el científico cristiano no abunda en esos detalles. Como tampoco lo hace el cura de su parroquia.

En su libro, Dios hace elocuentes alabanzas de sus portentosas obras, bautizándolas con los nombres más grandes que pueda hallar, mostrando así su firme y cabal admiración por las magnitudes. Sin embargo, creó millones de soles prodigiosos para iluminar este orbe tan pequeñajo, en lugar de hacer que el diminuto sol de este planeta les rindiera pleitesía a ellos. El caso es que en su libro Dios menciona a Arturo, del que os acordaréis seguramente, porque estuvimos allí en una ocasión. ¡Es una de las lamparillas que iluminan la Tierra de noche! Pues ese globo gigante es cincuenta veces mayor que el sol de este planeta, así que sería como comparar una catedral con un melón.

No obstante, en clase de religión aún enseñan a los niños que Arturo se creó para ayudar a iluminar la Tierra esta, cosa que el niño cree y sigue dando por buena con los años, aun sabiendo que muy probablemente no sea así.

Según el Libro y sus siervos, el Universo tiene apenas seis mil años de antigüedad. Ha sido en los últimos cien años cuando unos humanos de mente estudiosa y despierta han descubierto que la cifra se acerca más a los cien millones de años.

Pero en esos Seis Días tan célebres, su Dios creó al ser humano y a todos los demás animales.

Hizo un hombre y una mujer y los metió en un agradable jardín con las demás criaturas. Allí vivieron todos juntos en paz y armonía y rebosantes de juventud, pero sólo durante un tiempo, hasta que llegaron los problemas. Dios había dicho al hombre y la mujer que no debían comer el fruto de un determinado árbol. Y añadió un comentario de lo más extraño: dijo que si lo comían, morirían con toda seguridad. Era extraño por la sencilla razón de que, al no haber visto jamás un caso de muerte, era imposible que supieran a qué se refería Dios. Ni Él ni ningún otro dios habrían podido hacer entender a aquellos niños ignorantes de qué se trataba sin ofrecerles una muestra de la susodicha muerte. La palabra en sí no tenía significado alguno para ellos, como tampoco la tendría para un niño de pocos días de edad.

Poco después de aquello una serpiente esperó a que estuvieran solos y se acercó andando en posición vertical, como tenían por costumbre las serpientes en aquellos tiempos. La serpiente les dijo que el fruto prohibido haría rebosar de sabiduría sus mentes huecas. Así que lo probaron, cosa bastante natural, pues el ser humano lleva en su naturaleza el ansia de saber, pese a que el sacerdote, como ese Dios a quien imita y representa, se ha dedicado desde el principio a impedirle saber nada que pueda serle útil.

Adán y Eva comieron el fruto prohibido y de pronto una gran luz les inundó la mente. Acababan de adquirir la sabiduría. ¿Y qué sabiduría era esa? ¿Una sabiduría útil? No, sencillamente el conocimiento de que había una cosa llamada el Bien y otra cosa llamada el Mal, algo que podía hacerse con bastante facilidad. Hasta entonces no sabían hacerlo. Por tanto, todos sus actos anteriores habían sido inmaculados, libres de toda ofensa o culpa.

Pero ahora eran capaces de hacer el mal y de sufrir por ello. Habían adquirido lo que la Iglesia considera un bien de incalculable valor, el Sentido de la Moral, que no sólo diferencia al humano de la bestia sino que lo pone por encima de ella. A decir verdad, sería más adecuado considerarlo inferior a la bestia, pues siempre es culpable de sus malos pensamientos mientras que la bestia tiene una mente limpia e inocente. Es como apreciar más un reloj que funciona mal que uno que funciona bien.

La Iglesia aún valora el Sentido de la Moral como el don más noble del ser humano, aunque sabe que Dios lo tenía claramente en baja estima y había hecho todo cuanto estaba en su torpe mano para evitar que sus alegres Niños del Jardín lo adquiriesen.

Pues bien, Adán y Eva ya sabían lo que era el mal y cómo hacerlo. Habían aprendido a hacer varios tipos de cosas malas entre las que destacaba principalmente una: la que Dios tenía en la cabeza en primer lugar. Se trataba del arte y el misterio de las relaciones sexuales. Para ellos fue un descubrimiento maravilloso. ¡Dejaron de estar ociosos para dedicarle toda su atención, pobres seres jóvenes y exultantes!

En medio de una de estas celebraciones oyeron a Dios pasear por el Jardín, como era su costumbre por las tardes, y les entró el miedo. ¿Por qué? Porque estaban desnudos. Acababan de darse cuenta. Hasta entonces era algo que no les había importado, ni a Dios tampoco.

Fue en ese momento memorable cuando nació la Vanidad, que algunas personas empezaron valorar desde ese instante, aunque es evidente que les costaría explicar por qué.

Adán y Eva vinieron desnudos al mundo y sin pudor, desnudos y con la mente pura; y ningún descendiente suyo ha sido distinto. Todos han llegado desnudos, sin pudor y con la mente limpia. De igual modo, venían dotados de Modestia. Pero no les ha quedado más remedio que adquirir la Vanidad y los Malos Pensamientos. Así son las cosas. El deber de toda madre cristiana es ensuciar la mente de su hijo, cosa que ella tiene bien presente. Su retoño crece, se hace misionero y sale en pos del salvaje inocente y del japonés civilizado para poder ensuciarles a ambos la mente. A partir de entonces adquieren la Vanidad, empiezan a cubrirse el cuerpo, y dejan de bañarse juntos.

La convención mal llamada Modestia no tiene un modelo ni lo puede tener, pues se opone a la Naturaleza y la Razón. Al ser artificial, está sujeta al capricho, al antojo enfermizo de cualquiera. En la India, la mujer elegante se cubre el rostro y el pecho, y lleva desnudas las piernas de cintura para abajo, mientras que la europea elegante se cubre las piernas y expone el rostro y el pecho. En las tierras pobladas por salvajes inocentes, la europea elegante pronto se acostumbra a ver al nativo adulto completamente desnudo y deja de sentirse ofendida. En el siglo XVIII, un conde y una condesa franceses, ambos personas refinadas pero sin ningún parentesco en común, naufragaron en una isla desierta. Ambos vestían ropa de cama y tardaron poco en quedar desnudos. Durante una semana pasaron vergüenza. Después, la desnudez dejó de preocuparles y pronto dejaron de pensar en ella.

Vosotros nunca habéis visto a una persona vestida. Pues bien, no os habéis perdido nada.

Continuemos con las curiosidades bíblicas. Naturalmente pensaréis que la amenaza de castigar a Adán y Eva por desobedecer no se llevó a cabo, puesto que no eran los autores de sí mismos ni de sus impulsos o flaquezas naturales. Por lo tanto, no estaban sujetos a las órdenes de nadie ni eran responsables ante nadie de sus actos. Pues os sorprenderá saber que la amenaza divina se llevó a cabo. Adán y Eva recibieron su anunciado castigo, crimen que incluso hoy en día tiene sus apologistas. La condena a muerte se cumplió.

Como veis, el único responsable de la ofensa de la pareja quedó libre de culpa. Es más, fue el verdugo de los inocentes.

En vuestro reino y el mío, tendríamos el privilegio de poder reírnos de semejante moral, pero aquí sería una crueldad. Muchas de estas gentes están dotadas de una facultad racional, pero nadie la usa en materia religiosa.

Las mentes más preclaras os dirán que cuando un humano engendra un hijo tiene la obligación moral de tratarle con cariño, protegerlo del peligro, cuidarlo cuando esté enfermo, vestirlo, alimentarlo, soportar su desobediencia, no ponerle la mano encima salvo con amabilidad y por su propio bien; y jamás, en ningún caso, infligirle una crueldad injusta. De sol a sol el trato que da Dios a sus hijos terrenales es todo lo contrario, pero esas mentes tan ilustres justifican calurosamente sus crímenes, los perdonan, los excusan y se niegan indignados a considerarlos crímenes siquiera, ya que es él quien los ha cometido. Nuestro país —el vuestro y el mío— es interesante, pero ni la mitad de interesante que la mente humana.

Pues bien, primero Dios desterró a Adán y Eva del Jardín, y luego los asesinó. Y todo por desobedecer una orden que no tenía ningún derecho a dar. Pero no se detuvo ahí, como ya veréis. Dios tiene un código moral para sí mismo y otro muy distinto para sus hijos, a quienes exige tratar con justicia e indulgencia a los delincuentes y perdonarlos setenta veces siete. Sin embargo, él no trata con justicia ni indulgencia a nadie ni perdonó a esa primera pareja de jóvenes ignorantes y atolondrados ese tropezón tan nimio. Les podría haber dicho: «Quedáis en libertad esta vez. Os voy a dar otra oportunidad». ¡Pues no! Prefirió castigar a los hijos de la pareja por los siglos de los siglos y hasta el fin de los tiempos, por un pequeño fallo que cometieron otros antes de haber nacido ellos. Y todavía sigue castigándolos. ¿Con poca severidad? No, de una manera atroz.

Tal vez supongáis que un Ser no recibirá muchos elogios. Siento tener que desengañaros. El mundo le llama el Siempre-Justo, el Siempre-Honrado, el Siempre-Bueno, el Siempre-Misericordioso, el Siempre-Indulgente, el Siempre-Veraz, el Siempre-Amoroso y el Principio Eterno de la Moral. Estos sarcasmos se repiten a diario en el mundo entero. Pero no son sarcasmos conscientes, no. Se dicen en serio y sin un atisbo de sonrisa.

CARTA 4

Como íbamos diciendo, la Primera Pareja salió del Jardín lastrada con una maldición eterna. Habían perdido todos los placeres que poseían antes de «la Caída», pero podían considerarse ricos, pues habían ganado una capacidad que valía lo que todas las demás juntas: conocían el Arte Supremo.

Lo practicaban diligentemente, lo que les llenaba de dicha. La Deidad les había ordenado que lo practicaran y esta vez obedecieron. Menos mal que no estaba prohibido, ya que lo hubieran practicado de todas formas, aunque mil deidades lo prohibieran.

Pronto llegaron los resultados, que recibieron los nombres de Caín y Abel. Y cuando vinieron las hermanas, supieron tratarlas adecuadamente. Así que hubo más resultados. Es decir, que Caín y Abel engendraron unos sobrinos y unas sobrinas. Los susodichos, a su vez, engendraron unos primos segundos. Llegó un momento en que la clasificación de la parentela empezó a resultar difícil, por lo que se abandonó todo intento de mantenerla.

La agradable labor de poblar el mundo se prolongó con enorme eficacia generación tras generación. En aquellos días felices ambos sexos aún eran duchos en el Arte Supremo, aunque en justicia ya deberían llevar unos ochocientos años muertos. Era manifiesto que el sexo más dulce, querido y bello de los dos estaba en su mejor momento, pues lograba atraer incluso a los dioses. Sí, los dioses auténticos bajaban de los cielos y pasaban momentos maravillosos con aquellas calenturientas jóvenes en flor. Al menos eso dice la Biblia.

Con la ayuda de estos extranjeros que venían de visita la población creció y creció, hasta cifrarse en varios millones de individuos. Pero la Deidad se llevó un buen disgusto. La moral de aquellas gentes no le convencía, aunque en muchos aspectos no fuera mejor que la suya propia. De hecho, era una imitación poco halagüeña. Como eran todos muy malos y no había manera de reformarlos, Dios tomó la sabia decisión de eliminarlos. Es la única idea verdaderamente iluminada y superior que le atribuye la Biblia, que le habría dado la fama eterna de haber sido capaz de llevarla a cabo. Pero Dios siempre fue un ser inestable —excepto cuando se hacía propaganda— y sus firmes intenciones quedaron olvidadas. El caso es que estaba orgulloso del ser humano, que era su mejor invención, y su animal preferido después de la mosca. Al no sentirse capaz de perderlo de golpe, optó por salvar una muestra humana y ahogar al resto de la especie.

Hacer algo así era típico suyo. Era él quien había creado a todas esas gentes infames, así que era absolutamente responsable de su conducta. Ninguno de ellos merecía la muerte, pero parecía obvio que exterminarlos era una buena política, sobre todo porque el máximo crimen había sido crearlos, y dejarles seguir multiplicándose no podía sino empeorar las cosas. Pero tampoco podía haber justicia ni favoritismo alguno. Debía ahogarlos a todos, o a ninguno.

Pues no, no lo iba a hacer así. Salvaría a media docena y volvería a poner la especie a prueba. No contempló la posibilidad de que la raza se echara a perder de nuevo, pues sólo es el Esclarecido cuando se hace propaganda a sí mismo.

Tras apartar a Noé y su familia, lo organizó todo para exterminar al resto. Proyectó un Arca y Noé la construyó. Ninguno de los dos había construido un arca jamás, ni sabían nada de arcas. Era de esperar que ocurriese algo fuera de lo común.

Y así fue. Noé era un granjero que sabía cuáles eran los materiales adecuados para hacer el Arca, pero era verdaderamente incapaz de determinar si tendría el tamaño adecuado o no (tal como sucedió), por lo que evitó pronunciarse al respecto. La Deidad tampoco sabía que el Arca no daba la talla, pero se arriesgó y tomó mal las medidas. Al final la nave se quedó pequeña para el cometido encomendado, y aún hoy el mundo entero se resiente de ello.

Al construir el Arca, Noé lo hizo lo mejor que supo, pero se saltó la mayoría de los elementos esenciales. Aquello no tenía timón, ni velas, ni brújulas, ni bombas de achique, ni cartas de navegación, ni sondas, ni anclas, ni cuaderno de bitácora, ni luz, ni ventilación. Y en cuanto a la zona de pasajeros —que era lo fundamental—, más vale no sacar el asunto a colación. Dado que iban a pasar once meses en el mar, necesitaban agua potable como para llenar dos arcas, pero no se proporcionó ningún barco adicional. Era evidente que no podían depender del agua que consiguieran por el camino, pues la mitad sería agua salada que no beben los humanos ni los animales terrestres.

A todo esto, no sólo se iba a salvar una muestra humana, sino varias muestras profesionales de los demás animales. Os recuerdo que cuando Adán probó la manzana en el Jardín y aprendió a crecer y multiplicarse, el resto de los animales también aprendieron el Arte al vérselo hacer a él. Aquello demuestra la astucia y habilidad que adornan a estas bestias, pues sacaron el mayor provecho a la manzana sin probarla ni verse afectados por el desastroso Sentido de la Moral, fuente de todas las inmoralidades.

CARTA 5

Noé empezó a reunir animales. En el Arca habría una pareja de todas y cada una de las criaturas capaces de caminar, reptar, nadar o volar en el mundo de la naturaleza irracional. No podemos saber cuánto tardó en reunir las fierecillas ni cuánto le costó, pues esos detalles no constan en el relato. Cuando el cónsul Símaco se puso a hacer los preparativos para presentar a su hijo en sociedad en la Roma imperial, mandó emisarios a Asia, África y el mundo entero, en busca de bestias para el circo. Tardaron tres años en conseguir los animales y llevarlos a Roma. Como comprenderéis, estamos hablando sólo de cuadrúpedos y caimanes —no había pájaros, serpientes, ranas, gusanos, piojos, ratas, pulgas, garrapatas, orugas, arañas, moscas ni mosquitos—, sino unos simples cuadrúpedos y unos cuantos caimanes; y de los cuadrúpedos, únicamente los predadores. Sin embargo, ocurrió tal y como os he dicho: tardaron tres años en reunirlos y el importe de los animales, transportes y sueldos ascendió a 4 500 000 dólares. ¿Cuántos animales serían? No lo sabemos. En todo caso menos de cinco mil, que fue la mayor cantidad reunida jamás para uno de aquellos espectáculos romanos, aunque fue Tito, no Símaco, el responsable.

Pues aquello era un simple circo para niños comparado con el contrato de Noé. De pájaros, bestias y criaturas de agua dulce, por ejemplo, tuvo que recoger 146 000 especies; y de insectos por encima de los dos millones.

Hay miles y miles de bichos muy difíciles de cazar, y si Noé no se hubiera hartado y dimitido seguro que seguiría en ello, según se dice en el Levítico. Con esto no quiero decir que abandonara la tarea. No, no fue eso lo que hizo. Reunió todas las criaturas para las que sabía que tenía sitio y entonces paró.

De haber conocido los requisitos desde el principio, habría sabido que lo que necesitaba era toda una flota de Arcas. Pero ni se imaginaba cuántos tipos de criaturas podía haber, como tampoco lo sabía su Gran Jefe. Por eso no llevaba el canguro, ni la zarigüeya, ni el monstruo de Gila, ni el ornitorrinco, como también le faltaba toda una multitud de bendiciones indispensables que el bondadoso Creador había proporcionado al humano, pero que había olvidado suministrar en una parte del mundo que nunca había visto y cuyos asuntos no conocía. Por eso a los tripulantes del Arca les faltó un pelo para ahogarse.

Si lograron salvarse fue por causas ajenas a su voluntad. No había suficiente agua para inundarlo todo. Sólo llegó a inundarse una pequeña parte del globo. Por aquel entonces el resto del mundo no se conocía y se consideraba inexistente.

Pero lo que realmente decidió a Noé a parar de una vez al considerar que ya tenía las suficientes especies para cumplir con sus objetivos profesionales y dejar que las demás se extinguieran, fue un incidente sucedido durante los últimos días. De pronto apareció un desconocido que estaba nervioso y traía noticias de lo más preocupantes. Decía que había estado acampado entre unos montes y unos valles, a unos novecientos kilómetros de allí, donde había visto algo extraordinario. Al asomarse a un precipicio que se alzaba sobre una inmensa cañada, había visto un tropel de animales extraños que avanzaban como una marea negra y alborotada. Al rato las criaturas pasaron a su lado peleando, luchando, pataleando, gritando, relinchando... ¡Un espantoso tumulto de carne animal! Perezosos del tamaño de un elefante, ranas grandes como vacas, un megaterio con su harén, todos tan enormes que costaba creerlo. Saurios, saurios y más saurios, grupo tras grupo, familia tras familia, especie tras especie, todos de treinta metros de longitud, diez metros de altura y el doble de salvajes. Uno de ellos dio tal golpe con la cola a un pobre incauto toro de Durham que lo hizo volar cien metros por los aires y al caer a los pies del hombre exhaló su último suspiro. El desconocido les contó que todos esos animales tan asombrosos habían oído hablar del Arca y venían en su busca. Querían salvarse del diluvio. Y no venían en parejas; venían en manada. No sabían que los pasajeros estaban restringidos a parejas, según decía el hombre, pero es que además les importaban un bledo las normas. Tenían claro que iban a zarpar en ese Arca y, de no ser así pedirían explicaciones. El hombre calculaba que en el Arca no iban a caber ni la mitad de los animales. Encima venían con hambre y se iban a comer todo lo que pudieran, incluidas la familia y la colección de animales.

Todos estos hechos se excluyeron del relato bíblico. No hay ni rastro de ellos. Se corre un tupido velo sobre todo este asunto. Ni siquiera se mencionan los nombres de aquellas criaturas gigantes. Como veréis esto demuestra que cuando alguien se salta una cláusula en un contrato, procura taparlo por todos los medios, en la Biblia o donde sea. Esos poderosos animales tendrían hoy un valor inestimable para el ser humano, con lo aparatoso y caro que es el transporte, pero se ha quedado sin ellos. Menudo desperdicio por culpa de Noé. Se ahogaron todos. Algunos hace ocho millones de años, nada menos.

En fin, que cuando el desconocido aquel terminó de contar su historia, Noé se dio cuenta de que más le valía marcharse antes de que llegaran los monstruos. Habría zarpado al instante, pero los tapiceros y decoradores estaban dando los últimos retoques al aposento de la mosca, lo que le hizo perder ese día entero. Y otro día más se perdió en subir a bordo a las moscas, de las que había sesenta y ocho mil millones, aunque la Deidad seguía temiendo que no fueran suficientes. Y aún otro día más se perdió en almacenar cuarenta toneladas de porquería selecta para alimentar a las moscas.

Entonces, por fin, Noé levó anclas. Justo a tiempo, porque estaba el Arca desapareciendo tras el horizonte cuando llegaron los monstruos y añadieron sus lamentos a los de la multitud de llorosos padres y madres y niños asustados que se agarraban a las rocas bañadas por el mar, empapados por la lluvia, alzando sus ruegos al Ser Siempre-Justo, Siempre-Indulgente y Siempre-Piadoso que no había respondido a una plegaria desde que la arena, grano a grano, formó los acantilados donde estaban y que seguiría sin responder cuando el tiempo convirtiera la roca en arena una vez más.

CARTA 6

El tercer día, bien entrada la mañana, descubrieron que se habían dejado olvidada una mosca. El viaje de vuelta fue largo y penoso, por no llevar cartas de navegación ni brújula, y por el aspecto tan cambiado que tenían todas las costas, pues el agua subía sin parar y había sumergido los lugares más bajos, dando a los más elevados una apariencia desconocida. Pero tras dieciséis días de búsqueda seria y voluntariosa, la mosca fue hallada por fin y recibida a bordo con himnos de alabanza y gratitud por parte de la Familia, alzada en pie y con la cabeza descubierta en señal de reverencia hacia su origen divino. Exhausta y alicaída, la mosca había sufrido las inclemencias del tiempo, pero por lo demás estaba en buen estado. Muchos eran los humanos que habían muerto con sus familias enteras en las cumbres baldías de los montes, pero al afortunado bicho no le había faltado el alimento, que los profusos cadáveres le proporcionaban en abundante y apestosa podredumbre. Así fue como el insecto sagrado salvó la vida providencialmente.

Sí, providencialmente. Esa es la palabra. Pues no se habían dejado la mosca olvidada por accidente. No, había intervenido la divina mano de la Providencia. Las casualidades no existen. Todo lo que sucede, sucede por algún motivo. Las cosas están dispuestas desde el principio de los tiempos, predestinadas desde el principio de los tiempos. Desde el alba de la Creación el Señor había establecido que Noé, alarmado y confuso ante la invasión del prodigioso ejército de fósiles, se haría a la mar antes de tiempo, desprovisto de cierta enfermedad inestimable. Llevaría consigo todas las demás enfermedades, que podría distribuir entre las nuevas razas humanas según fueran apareciendo en el mundo, pero le faltaría una de las mejores: la fiebre tifoidea. Dicha afección, si las circunstancias son especialmente favorables, es capaz de destrozar absolutamente a un paciente sin matarlo, permitiéndole abandonar el lecho con una larga vida por delante, pero sordo, mudo, ciego, lisiado y cretino. La mosca es su principal medio de propagación, por ser más competente y calamitosa que todos los demás distribuidores de la temida plaga juntos. Así que esta mosca, predestinada desde el principio de los tiempos, quedó olvidada para dejarla buscarse un cadáver con tifus cuya podredumbre le sirviera para comer y para untarse las patas con los gérmenes que debía transmitir al mundo repoblado en exclusiva. A partir de esa mosca y hasta hoy, miles de millones de camas se llenan de enfermos, miles de millones de cuerpos destrozados trompican por la tierra y miles de millones de cementerios cobijan a los muertos correspondientes.

Resulta verdaderamente difícil comprender la mentalidad del Dios de la Biblia, al estar su confusión tan llena de contradicciones, inestabilidades desvaídas y firmezas férreas; infantiles dogmas abstractos basados en palabras y endemoniados dogmas concretos basados en hechos; y amabilidades fugaces relegadas ante las maldades permanentes.

Sin embargo, cuando tras mucho análisis se descubre la clave de la mentalidad de Dios, sí se consigue una especie de entendimiento. Con la franqueza más pintoresca, juvenil y sorprendente, él mismo nos proporciona esa clave. ¡Es una cuestión de celos!

Ya imagino que esto os habrá cortado la respiración. Sabéis —pues os lo explicaba en una carta anterior— que los seres humanos juzgan los celos como una clara debilidad, un rasgo propio de gentes de corto entendimiento, pero del que se avergüenzan hasta las mentes más limitadas, que al ser acusadas de su posesión mentirán para negarla y se ofenderán, considerando la acusación como un insulto.

Celos. No lo olvidéis; tenedlo presente. Esa es la clave. Con ella llegareis a comprender parcialmente a Dios conforme vayamos avanzando; sin ella nadie podría comprenderle. Como os decía, es él mismo quien nos proporciona esta traicionera clave para que todos la veamos. Con la mayor ingenuidad y sin un atisbo de vergüenza proclama abiertamente: «Yo, Dios tu Señor, soy un Dios celoso».

De hecho, es una forma de decir: «Yo, Dios tu Señor, soy un Dios limitado; un Dios pequeño y obseso de las pequeñeces».

Sus divinas palabras eran un aviso: no soportaba la idea de compartir con algún otro dios los elogios dominicales de la pequeña y cómica raza humana.

Los quería todos para sí. Le parecía estar acaparando riquezas, como un zulú contando calderilla de hojalata.

Pero esperad, que no he sido justo. Lo estoy desdibujando. Los prejuicios me hacer decir cosas que no son ciertas. No llegó a decir que quisiera quedarse con todas las adulaciones ni tampoco que no estuviera dispuesto a compartirlas con sus compañeros los otros dioses. Lo que dijo realmente fue: «No pondrás otros dioses por delante de mí».

Es algo completamente distinto, que nos ofrece una perspectiva mucho más halagüeña, lo confieso. Al fin y al cabo en aquellos tiempos había una abundancia de dioses, los bosques estaban abarrotados, como se suele decir y él lo único que quería era estar a la misma altura que los demás, no por encima, pero tampoco por debajo de ninguno de ellos. Les permitía fertilizar a las vírgenes terrenales, pero no en condiciones mejores que las suyas. Quería que le trataran de igual a igual. Insistía en ello con un lenguaje bien claro. No quería que hubiera ningún dios antes que él. Podían desfilar todos a su lado sin que ninguno llegara a encabezar la procesión, derecho que él tampoco se arrogaba.

¿Y creéis que logró mantener esa resolución recta y encomiable? Pues no. Era capaz de defender una postura equivocada durante toda la vida, pero no lograba atenerse a una correcta ni un mes entero. Al final acabó abandonando esta teoría y con la mayor tranquilidad se proclamó Dios único de todo el universo.

Ya os digo que la clave son los celos. A lo largo de toda su historia están presentes sin recato alguno. Son la sangre y los huesos de su naturaleza, la base de su carácter. ¡Cualquier pequeñez que le haga aflorar los celos basta para hacerle perder la compostura y embotarle el entendimiento! Pero nada azuza esta tendencia tan firme y exageradamente como la sospecha de una inminente competición con el Consorcio de los Dioses. El temor de que Adán y Eva al comer el fruto del Árbol del Conocimiento pudieran ser «como dioses» inflamó tanto sus celos que le afectó al raciocinio, impidiéndole ser justo con esas pobres criaturas ni librar de su crueldad a la inocente prole de la pareja.

A día de hoy su entendimiento aún no se ha recuperado de ese sobresalto. Poseído desde entonces por una salvaje sed de venganza, casi ha asolado su ingenio innato al dedicarlo a inventar dolores, miserias, humillaciones y angustias con las que amargar las breves vidas de los descendientes de Adán. ¡Mirad las enfermedades que ha ideado para ellos! Son tan profusas que no hay libro donde quepan todas. Y cada una de ellas es una trampa pensada para una víctima inocente.

El ser humano es una máquina. Una máquina automática hecha de miles de complejos y delicados mecanismos que desempeñan sus armónicas funciones a la perfección, según unas leyes ideadas para su gobierno y sobre las que él mismo no tiene autoridad, dominio, ni control. Para cada uno de estos miles de mecanismos, el Creador ha ideado un enemigo cuya función es hostigar, fastidiar, perseguir, dañar y afligir con dolorosos suplicios hasta la destrucción final. En su empeño no ha pasado por alto ni uno solo de ellos.

Desde la cuna hasta la sepultura, estos enemigos están siempre dispuestos. No descansan jamás, ni de día ni de noche. Son un ejército organizado, una tropa de acoso y asalto, una fuerza siempre alerta, vigilante, ansiosa e implacable, que jamás cede ni da tregua.

La soldadesca se organiza en pelotones, compañías, batallones, regimientos, brigadas, divisiones y cuerpos, pero en ocasiones se reagrupa para descargar toda su furia sobre la humanidad. Así es el Gran Ejército del Creador, su Comandante en Jefe. En el campo de batalla blande al sol unos pendones con sus truculentos emblemas: Desastre, Enfermedad…

¡La enfermedad! He aquí la fuerza central, diligente y devastadora que ataca al humano apenas nace, suministrándole un sinfín de dolencias: garrotillo, sarampión, paperas, problemas intestinales, dolor de dientes, escarlatina y demás especialidades infantiles. Cuando el niño atormentado alcanza la juventud le provee de las especialidades propias de esa etapa de la vida. Y el acecho continúa al pasar de la juventud a la madurez, de la madurez a la vejez, de la vejez a la tumba.

Con todo lo que sabéis, ¿a que no sois capaces de averiguar el cariñoso mote que da el humano a su feroz Comandante en Jefe? Os voy a echar una mano, pero no os riais. ¡Nuestro Padre Celestial!

Curioso mecanismo el de la mente humana… El cristiano empieza con una firme proposición, tan rotunda e inflexible como poco comprometida: Dios es omnisciente y todopoderoso.

Sentada esta premisa, nada puede ocurrir sin que él lo sepa de antemano, pues nada sucede sin su permiso y nada se cumple si él decide impedirlo.

Es bastante categórico, ¿no? Al fin y al cabo, hace al Creador claramente responsable de todo cuanto ocurre, ¿o no?

El cristiano así lo concede en la mencionada frase. Y parece concederlo con todo su sentimiento y entusiasmo.

Pues bien, tras hacer responsable al Creador de todos los padecimientos, enfermedades y miserias que os he contado, que él mismo podía haber evitado tranquilamente, ¡el avispado cristiano le da el ñoño nombre de Padre Nuestro!

Sucede tal y como os digo. Dota al Creador de todos los rasgos que caracterizan a un desalmado, ¡y luego llega a la conclusión de que un desalmado y un padre son lo mismo! En cambio siempre negará que un lunático malévolo y el director de un colegio religioso sean esencialmente lo mismo. ¿Qué os parece la mente humana? Es decir, en caso de que aún creáis que existe la mente humana.

CARTA 7

Noé y su familia se salvaron, si es que eso puede considerarse una ventaja. Pongo en duda que lo sea, porque en la Tierra no existe ninguna persona inteligente de sesenta años que consienta en volver a vivir su vida. Ni la suya, ni la de nadie. La Familia se salvó, sí, pero sus integrantes no estaban muy a gusto, la verdad, todos plagados de microbios. Hasta las cejas estaban. Sí, gordos, obesos, hinchados como globos de tantos microbios como tenían.

Por desagradable que fuera la situación, no se podía evitar, porque había que conservar suficientes microbios para abastecer de enfermedades desoladoras a las futuras razas humanas y a bordo sólo iban ocho personas que pudieran hacer las veces de hotel. Los microbios eran con mucho la parte más importante del cargamento del Arca, la que más preocupaba al Creador y con la que más encariñado estaba. Tenían que estar todos bien alimentados y adecuadamente acomodados. A bordo del Arca había gérmenes del tifus, gérmenes del cólera, gérmenes de la hidrofobia, gérmenes del tétanos, gérmenes de la tisis, gérmenes de la peste negra y varios centenares de gérmenes aristócratas, creaciones especialmente preciosas, áureos portadores del amor de Dios por el género humano, dádivas sagradas del amoroso Padre a sus hijos; todos ellos, por supuesto, suntuosamente alojados y lujosamente atendidos, es decir, albergados en los lugares más apetecibles que pudieran ofrecer las entrañas de la Familia: los pulmones, el corazón, el cerebro, los riñones, la sangre, las vísceras. Especialmente en las vísceras. El intestino grueso era uno de sus lugares preferidos. Allí se reunían incontables miles de millones de ellos. Allí trabajaban, comían, pataleaban, cantaban himnos de alabanza y agradecimiento. En el silencio de la noche se oía su leve rumor. El intestino grueso era, realmente, su séptimo cielo. Lo abarrotaban hasta apelmazarlo, volviéndolo rígido como una tubería de gas. Esto les llenaba de orgullo. En su himno principal lo mencionaban con gratitud:

Estreñimiento, oh estreñimiento,

tu alegre sonido proclamo.

Y la más remota entraña humana

loará el nombre de su Amo.

Las incomodidades propias del Arca eran muchas y variadas. La Familia tenía que vivir en presencia de los multitudinarios animales, respirar sus espantosos hedores y ensordecerse día y noche con el bullicio atronador de sus rugidos y chillidos. Aparte de estas molestias intolerables, aquel era un lugar especialmente inadecuado para las damas, pues no podían mirar en ninguna dirección sin ver a varios miles de criaturas dedicadas a crecer y multiplicarse. Por no hablar de las moscas, que revoloteaban por todas partes, persiguiendo a la Familia de sol a sol. Eran las primeras criaturas que se levantaban por la mañana y las últimas en dormirse al caer la noche. Pero al ser sagradas estaba vedado matarlas o herirlas. No sólo tenían un origen divino sino que eran los bichos preferidos del Creador, los más mimados.

Con el tiempo las demás criaturas se fueron desperdigando aquí y allá hasta poblar toda la Tierra: los tigres a la India, los leones y elefantes al desierto yermo y los sitios recónditos de la selva, los pájaros a los inconmensurables páramos, los insectos a uno u otro clima dependiendo de su naturaleza y condición. Pero y la mosca, ¿qué? Es una criatura sin nacionalidad que hace de todo lugar su provincia, de todo clima su hogar y de todo ser vivo su presa. Vaya donde vaya, lleva por el mundo su plaga infernal.

Ante el ser humano se presenta como embajador divino, ministro plenipotenciario y enviado especial del Creador. Le plaga en la cuna, arracimándose sobre sus párpados acuosos. Zumba, muerde y atosiga al niño, robándole el sueño y a su agotada madre las fuerzas en esas largas vigilias que dedica a proteger a su hijo de las persecuciones de este latoso insecto. La mosca acosa al humano enfermo en casa, en el hospital y en su lecho de muerte hasta el último suspiro. Durante la comida también le agobia, pero antes se ha buscado varios pacientes con enfermedades aborrecibles y mortales para vadear en sus llagas y untarse las patas en un millón de gérmenes mortíferos. Entonces llega a la mesa de este hombre sano y sin dudarlo unta con todo ello la mantequilla y vacía sobre sus tortas de harina el cargamento de gérmenes tifoideos y excrementos que almacena en el intestino. La mosca común destruye más cuerpos y aniquila más vidas que toda la multitud restante de mensajeros del dolor y agentes de la muerte.

Sem estaba plagado de anquilostomas. Es impresionante el estudio minucioso y completo que el Creador dedica a la insigne labor de hacer miserable a un ser humano. Ya he dicho que había ideado un agente destructor específico para todos y cada uno de los detalles de la estructura corporal, sin olvidar ni uno solo. Pues es cierto. Muchas personas pobres tienen que ir descalzas porque no pueden pagarse unos zapatos. El Creador vio ahí una buena oportunidad. Comentaré, de pasada, que siempre tiene puesta la mirada en los pobres. Nueve décimas partes de su catálogo de enfermedades van dirigidas a los pobres y todas dan en el clavo. A los ricos sólo les llegan las sobras. No vayáis a sospechar que hablo sin conocimiento de causa, pues no es así: la gran mayoría de las dolencias inventadas por el Creador están especialmente diseñadas para hostigar a los pobres. Esto se vislumbra en el hecho de que entre los nombres que da el clero al Creador uno de los más halagüeños y populares sea el de «Amigo de los Pobres». No hay circunstancia alguna en que el clero dedique al Creador un halago que se asemeje un ápice a la verdad. El enemigo más implacable y obstinado del género humano es su Padre Celestial. El único amigo verdadero del pobre es su prójimo, que le compadece, se apiada de él y lo demuestra con grandes esfuerzos por aliviar sus penas. Pero en todos los casos es su Padre Celestial quien se apunta el tanto.

Lo mismo ocurre con las enfermedades. Si la ciencia logra exterminar una enfermedad creada por Dios, es Dios quien se apunta el tanto ¡y desde todos los púlpitos se le dedican alabanzas propagandistas llamando la atención sobre su bondad! Sí, es Él quien lo ha conseguido. Quizá haya esperado mil años para hacerlo, pero eso no es nada. El clero dice que se lo había estado pensando durante todo ese tiempo. Cuando unos humanos desesperados se alzan contra una tiranía de siglos y liberan a una nación, lo primero que hace el clero feliz es anunciarlo como una obra de Dios, y rogar a la gente que se arrodille y deje fluir su agradecimiento hacia Él. Y en su parroquia cada cura exclama alborozado: «Que los tiranos sepan que el Ojo que nunca duerme los vigila y recuerden que Dios, Nuestro Señor, no será siempre paciente, sino que dará rienda suelta a su ira un buen día».

Olvidan mencionar que es el más lento del universo; que a su querido Ojo que nunca duerme más le valdría reposar, porque tarda un siglo en ver lo que cualquier otro ojo vería en una semana. Y en toda la historia no existe un solo caso en que un acto noble se le haya ocurrido a él primero, sino que siempre ha caído en la cuenta justo después de que otra persona lo hubiera pensado y hecho. Entonces llega él y se adjudica la ganancia.

Pues bien, hace seis mil años Sem estaba plagado de anquilostomas que al tener un tamaño microscópico eran imperceptibles para un ojo sin ayuda externa. Todos los transmisores de enfermedades especialmente mortíferas ideados por el Creador son invisibles. La idea es ingeniosa. Durante miles de años fue precisamente eso lo que impidió al hombre llegar a la raíz de sus males y malogró sus intentos de domeñarlos. Ha sido muy recientemente cuando la ciencia ha logrado destapar algunas de estas traiciones.

El último de estos benditos triunfos científicos es el descubrimiento y la identificación del asesino emboscado que recibe el nombre de anquilostoma. Su víctima preferida es el pobre que camina descalzo. Lo espera agazapado entre las arenas de las regiones cálidas y se abre camino entrándole por los pies desprotegidos.

El anquilostoma lo descubrió hace dos o tres años un médico que ya llevaba tiempo estudiando pacientemente a sus víctimas. La enfermedad producida por el anquilostoma ya había hecho sus viles estragos en la Tierra, aquí y allá, desde que Sem llegó al monte Ararat, pero jamás se había llegado siquiera a sospechar que fuera una enfermedad. A quienes la padecían se les despreciaba por vagos que eran objeto de burlas en vez de despertar compasión. El anquilostoma es un invento particularmente rastrero y malintencionado que lleva años haciendo su labor subrepticia sin molestia alguna, pero al fin la van a exterminar el mencionado médico y sus ayudantes.

Pues resulta que es cosa de Dios. Estaba pensándoselo y ha tardado seis mil años en llegar a una decisión. La idea de exterminar el anquilostoma era suya. Justo iba a hacerlo antes de que lo hiciera el doctor Charles Wardell Stiles. Pero llega a tiempo de apuntarse el tanto. Como siempre.

Va a costar un millón de dólares. Lo más probable es que Dios estuviera a punto de donar esa cifra cuando, una vez más, se le adelantó un humano. En este caso se trata del señor Rockefeller. Él pone el millón, pero el mérito se le atribuye a otro, como siempre. Los periódicos de esta mañana nos hablan de los tejemanejes del anquilostoma:

En ocasiones el parásito del anquilostoma reduce tanto la vitalidad de los afectados que retrasa su desarrollo físico y mental, los hace susceptibles de contraer otras enfermedades, disminuye su capacidad laboral y en las regiones donde la enfermedad es más común multiplica la tasa de mortandad por tisis, neumonía, fiebre tifoidea y malaria. Se ha demostrado que el mermado rendimiento de ciertas poblaciones, atribuido durante años a la malaria y el clima, y con graves consecuencias económicas en algunas regiones, se debe en realidad a este parásito. La enfermedad no está en absoluto relegada a una sola clase social. Su cuota de sufrimiento y muerte se la cobra tanto entre los más inteligentes y ricos como entre los menos afortunados. Calculando por lo bajo, dos millones de nuestros ciudadanos se ven afectados por este parásito. La enfermedad ataca con más virulencia a los niños de edad escolar que a las personas adultas.

Por grave y extendida que sea la infección, sin embargo, las perspectivas son de lo más halagüeñas. La enfermedad es fácil de reconocer, se cura con rapidez si el tratamiento es el adecuado y puede prevenirse con unas sencillas precauciones sanitarias.

Y con la ayuda de Dios, claro está.

Como os podéis imaginar, los niños pobres están vigilados por el Ojo que nunca duerme. Esa desdicha los ha acompañado siempre. Ni ellos ni «los pobres del Señor» —apodo sarcástico donde los haya— han logrado quitarse al Ojo de encima jamás.

Así es. Los pobres, los humildes, los ignorantes… Son ellos a quienes dedica toda su atención. Tomemos como ejemplo la «enfermedad del sueño» en África. Esta cruel atrocidad se ceba con una raza de negros ignorantes e inofensivos a quienes Dios ha llevado a un paraje perdido pero sin apartar de ellos su Ojo paterno, ese que nunca duerme si surge una oportunidad de hacer sufrir a alguien. Lo de estas gentes lo tenía organizado antes del Diluvio. El agente elegido era una mosca, esta vez emparentada con la temible tse-tsé que gobierna la región africana del río Zambeze. La mosca tse-tsé está especializada en exterminar ganado bovino y equino con su picadura letal, por lo que su entorno es inhabitable para el humano. Pues bien, la pavorosa pariente de la tse-tsé deposita un microbio que produce la enfermedad del sueño. Cam, infestado durante su travesía marítima, descargó sus microbios en África, produciendo una epidemia que no se atenuaría hasta seis mil años más tarde, cuando la ciencia ahondó en el misterio y descubrió la causa de la enfermedad. Ahora las naciones piadosas alaban a Dios por acudir a socorrer a los pobres negros. El clero dice que las gracias hay que dárselas a Él. Hay que reconocer que es un Ser curioso. Comete un crimen terrible que prolonga durante seis mil años ininterrumpidamente y se cree con derecho a recibir loas por sugerir a un humano que modifique sus estragos. Pero esa paciencia que se le adjudica debe de ser cierta, pues de lo contrario habría hundido al clero en la miseria hace años por esos halagos tan espantosos que le dedica desde sus púlpitos.

En cuanto a la enfermedad del sueño, también llamada el «letargo del negro», la ciencia opina lo siguiente:

La enfermedad se caracteriza por periodos de sueño a intervalos recurrentes. Puede durar desde cuatro meses hasta cuatro años y siempre es mortal. Los primeros síntomas que son languidez, debilidad, fatiga y aturdimiento. La víctima tiene los párpados hinchados y presenta una erupción cutánea. Se queda dormido en mitad de las conversaciones y mientras come o trabaja. Al progresar la enfermedad el paciente se alimenta con dificultad y adquiere un aspecto demacrado. La falta de nutrición y la aparición de llagas ulcerosas dan paso a las convulsiones previas a la muerte. Durante la dolencia algunos pacientes pierden la cordura.

Recordemos que es el Padre Celestial de la Iglesia y sus gentes quien inventó la mosca para enviarla a infligir un largo periodo cargado de dolor, tristeza, sufrimiento y decrepitud física y mental a un pobre salvaje que no ha hecho daño alguno al Gran Criminal. Todos los humanos del mundo se apiadan del pobre sufridor negro y todos le curarían si pudieran. Para hallar al único ser que no se compadece de él hay que ir al Cielo. Para hallar al ser que puede curarle, pero sin intención alguna de hacerlo, hay que ir al mismo lugar. Allí está el único Padre capaz de afligir a un hijo suyo con esta cruel enfermedad. Es el único que hay. Ni todas las eternidades juntas podrán volver a producir otro. ¿Os gustan los reproches poéticos furibundos y acalorados? Aquí tenéis uno, recién salido del corazón ardiente de un esclavo:

¡Del humano con el humano es tal la inhumanidad,

que a muchos miles hace llorar!

Os voy a contar una historia simpática con un toque de patetismo. Un hombre se convierte y pregunta al cura qué puede hacer para ser digno de su nuevo estado. El cura le dice: «Imita a nuestro Padre Celestial, aprende a ser como Él». Entonces el hombre pone todo su tesón y diligencia en estudiarse la Biblia a fondo, reza pidiendo consejos celestiales y comienza sus imitaciones del modelo divino. A su esposa le pone una trampa para hacerla caer por las escaleras, logrando que se rompa la espalda y quede paralítica de por vida. A su hermano le traiciona entregándole a un estafador que le roba cuanto tiene, por lo que acaba su vida en un asilo. A uno de sus hijos le inocula el parásito del anquilostoma, a otro la enfermedad del sueño y a otro la gonorrea. A una hija la hace enfermar de escarlatina y llegar a la juventud sorda, muda y ciega, estado en que queda para el resto de sus días. Y tras ayudar a un rufián a seducir a la hija que le quedaba, le cierra la puerta de su casa y ella muere en un burdel maldiciéndole. Entonces se presenta en la iglesia y el cura le dice que esa no es forma de imitar a su Padre Celestial. El converso le pregunta en qué ha fallado, pero el cura cambia de tema y le pregunta qué tal tiempo hace en su pueblo.

CARTA 8

El humano es sin duda el idiota más interesante que existe. Y también el más excéntrico. Todas sus leyes escritas, tanto en su Biblia como fuera de ella, tienen el mismo motivo o intención: limitar o anular una ley de Dios.

A partir de un hecho simple es casi incapaz de obtener algo que no sea un significado incorrecto. No lo puede evitar. Así funciona la confusión que él denomina su mente. Veamos qué cosas da por buenas y cuán curiosas son las conclusiones que extrae de ellas.

Por ejemplo, acepta que Dios hizo al humano. Pero lo hizo sin contar con su deseo ni su aprobación.

Parece claro e indiscutible que esto convierte a Dios en el único responsable de todos los actos humanos. Pues bien, esto en cambio lo niega.

Acepta que Dios hizo a los ángeles perfectos, sin mácula, inmunes al dolor y la muerte, y que si hubiera querido podía haber sido igualmente amable con el ser humano, pero niega que tuviera ninguna obligación moral de hacerlo.

Acepta que el hombre no tiene ningún derecho moral a engendrar un hijo para después afligirlo con crueldades injustas, enfermedades dolorosas o la mismísima muerte, pero se niega a limitar los privilegios similares que tiene Dios con los hijos creados a su imagen y semejanza.

La Biblia y las leyes humanas prohíben el asesinato, el adulterio, la fornicación, la mentira, la traición, el robo, el abuso y demás crímenes, pero argumentan que a Dios no le afectan estas leyes y tiene derecho a romperlas cuando quiera.

Acepta que Dios da a cada humano una disposición natural con un carácter que tiene desde que nace. Mantiene que el hombre no puede, de ninguna de las maneras, cambiar este carácter, sino que debe permanecer siempre bajo su dominio. Pero si un humano vive abrumado por unas pasiones tremendas y otro carece de ellas, es justo y cabal castigar al primero por sus fechorías y recompensar al otro por haberse abstenido de cometerlas.

Dicho esto, consideremos las siguientes curiosidades:

NATURALEZA O CARÁCTER

Tomemos dos casos extremos como puedan ser la cabra y la tortuga.

Ninguna de estas dos criaturas es responsable de su naturaleza, sino que nace con ella, como el humano, y no puede cambiarla, igual que le ocurre al humano.

La naturaleza es la Ley de Dios escrita en el corazón de cada criatura por el propio Dios, por lo que debe ser y será obedecida pese a toda prohibición o impedimento, sea cual fuere su procedencia.

Pues bien, la lujuria es el rasgo principal de la naturaleza de la cabra, la Ley Divina implantada en su corazón que debe obedecer y obedecerá de sol a sol en época de apareamiento, sin detenerse a comer ni beber. Si la Biblia dijera a la cabra: «No fornicarás, no cometerás adulterio», hasta el humano —el mentecato del humano— reconocería lo absurdo de la prohibición, consintiendo en no castigar a la cabra por obedecer la Ley de su Creador. Sin embargo, considera justo y adecuado que los seres humanos deban someterse a la prohibición. Todos. Por igual.

Huelga decir que esto es una majadería ya que, por naturaleza, que es la verdadera Ley de Dios, muchos humanos son cabras que no pueden evitar cometer adulterio en cuanto surge la oportunidad. Sin embargo hay numerosos humanos cuya naturaleza les permite mantenerse intactos y dejar pasar una oportunidad si la otra persona carece de atractivo. Pero la Biblia no permite el adulterio en ningún caso, tanto si una persona es capaz de contenerse como si no. El Libro de Dios no concede distinción alguna entre una cabra y una tortuga. Es decir, entre la cabra nerviosa y sensible que tiene que practicar el adulterio todos los días porque si no se marchita y muere, y la tranquila tortuga puritana y fría que se da un capricho sólo una vez cada dos años, se queda dormida a la mitad y no vuelve a despertarse en sesenta días. Una señora cabra puede sufrir un ataque malintencionado, incluso en domingo, si hay un macho cabrío a cinco kilómetros a sotavento y el único obstáculo que media entre ambos es una valla de cuatro metros de altura. En cambio el señor tortuga y la señora tortuga jamás estarán tan hambrientos de los solemnes placeres de la fornicación como para profanar el domingo para obtenerlos. Pero, según el curioso razonamiento humano, la cabra merece un castigo y la tortuga un halago.

«No fornicarás» es un mandamiento que no hace distinción entre los siguientes seres humanos, pues todos ellos deben obedecerlo:

RECIÉN NACIDOS

NIÑOS DE CUNA

COLEGIALES

JÓVENES Y DONCELLAS

ADULTOS JÓVENES

ADULTOS MAYORES

HOMBRES Y MUJERES DE 40

DE 50

DE 60

DE 70

DE 80

DE 90

DE 100

El mandato no distribuye su carga igualmente, pues sería imposible.

En el caso de los tres grupos infantiles es menos severo.

En cambio es estricto —muy estricto, estrictísimo, cruelmente estricto— con los tres grupos siguientes.

Con los tres últimos grupos es felizmente clemente.

Y llegada una edad en que el mandamiento ya ha hecho todos los estragos posibles, más valdría dejarlo fuera de servicio. Pero con una imbecilidad ya casi cómica se aplica a los cuatro grupos siguientes, que también caen bajo su yugo brutal. ¡Pobres vejestorios, si no podrían desobedecer aunque lo intentaran! Y al abstenerse santamente de cometer adulterio unos con otros, ¡creen merecer alabanzas por ello! Lo cual es una majadería, porque hasta la Biblia sabe perfectamente que si el hombre más viejo de todos pudiera recuperar durante una hora su vigor perdido enviaría el mandamiento lo más lejos posible y deshonraría a la primera mujer con la que se cruzara, aunque se tratara de una absoluta desconocida.

Cuanto os digo es cierto. Todos los preceptos de la Biblia y todas las normas humanas pretenden anular alguna ley de Dios, es decir, una ley natural inalterable e indestructible. El Dios de estas gentes les ha demostrado millones de veces que no respeta ninguno de los preceptos de la Biblia. Él mismo los quiebra todos, incluso el adulterio.

La Ley de Dios, claramente explicada en el apartado sobre la creación de la mujer, es esta: No tendrás límite alguno en la relación sexual que mantengas con el otro sexo durante toda tu vida.

La Ley de Dios, claramente explicada en el apartado sobre la creación del hombre, es esta: Durante toda tu vida tendrás límites y restricciones sexuales inflexibles.

Desde la adolescencia hasta que muere de vieja la mujer está lista para la acción y es competente durante veintisiete días al mes (en ausencia de embarazo). Tan competente como una palmatoria para recibir una vela. Competente todos los días, competente todas las noches. Además, ella quiere esa vela. Suspira por ella con deseo y anhelo, tal como le ordena por naturaleza la Ley de Dios.

Pero el hombre sólo es competente durante un periodo breve y en la medida aplicable a esta palabra en el caso concreto de su sexo. Es competente desde los dieciséis o diecisiete años en adelante, durante unos treinta y cinco años. A partir de los cincuenta su actuación es de mala calidad, los intervalos son amplios y sus satisfacciones no son de gran valor para ninguno de los dos bandos. Entretanto, su señora bisabuela está como nueva, pues la maquinaria le funciona sin problema alguno. Mientras ella tiene la palmatoria tan firme como siempre, la vela de él estará cada vez más fofa y debilitada por el paso del tiempo hasta el día en que no logre mantenerse en pie y quede tristemente en reposo, aguardando una bendita resurrección que no llegará jamás.

En cuanto a la mujer, la hechura de su maquinaria le exige estar fuera de servicio tres días al mes y durante una parte del embarazo. Para ella son momentos de incomodidad y a menudo de sufrimiento. En acertada y justa compensación, tiene el noble privilegio del adulterio ilimitado todos los demás días de su vida.

Así es la Ley de Dios tal como nos revela el mecanismo de la mujer. ¿Y qué sucede con su noble privilegio? ¿Lo disfruta ella libremente? No. En ningún lugar del mundo. Vaya donde vaya se ve privada de él. ¿Quién lo hace? Su prójimo. Es decir, las leyes humanas (suponiendo que la Biblia sea realmente la Palabra de Dios).

Os voy a dar una muestra de la «capacidad de raciocinio», que así se llama el invento. Pongamos que un hombre observa una serie de hechos. Por ejemplo, que jamás en la vida va a ser capaz de satisfacer a una sola mujer. Y que, entretanto, toda mujer será siempre capaz de extenuar, abatir y anular las primeras diez máquinas masculinas que se metan en la cama con ella. Una vez reunidos esos datos, tan sorprendentes como esclarecedores, el humano saca esta conclusión verdaderamente extraordinaria: El Creador ha ideado a la mujer para restringirla a un solo hombre.

Entonces convierte esta singular conclusión en ley y sanseacabó.

Además, lo hace sin consultar a la mujer, aunque ella se juegue mil veces más que él en este asunto. La actividad procreadora del hombre se limita a un promedio de cien actuaciones al año durante cincuenta años, mientras que la mujer puede llegar a tres mil actuaciones anuales en el mismo periodo de tiempo, prolongándose durante todos los años que ella le sobreviva. Digamos que la cuota vitalicia de él consiste en cinco mil refrigerios mientras que la de ella asciende a ciento cincuenta mil. Pero en vez de permitir hacer una ley justa y honrada a quien le va tantísimo en ello, ¡va y hace la ley este Cerdo Inconmensurable que no se juega nada digno de consideración!

De momento, sabíais gracias a mis enseñanzas que el hombre es tonto. Pues ahora sabéis también que la mujer es tonta de remate.

Veamos. Si a vosotros —o a otros seres verdaderamente inteligentes— os tocara repartir la justicia y la igualdad entre hombre y mujer, daríais al hombre la quincuagésima parte de una mujer y a la mujer un harén entero. ¿Sí o no? Claro que sí, necesariamente. Pues os prometo que esta criatura de la vela decrépita lo ha organizado exactamente al revés. Salomón, uno de los favoritos de la Deidad, tenía un gabinete de copulación compuesto de setecientas esposas y trescientas concubinas. Ni aunque le fuera la vida en ello habría podido tener satisfechas a un par siquiera de esas jóvenes criaturas, aun con la ayuda de quince especialistas. Irremediablemente, casi mil mujeres pasaron años y años de insatisfacción. Imaginad a un hombre lo bastante despiadado como para contemplar a diario tanto sufrimiento y no hacer nada para mitigarlo. Pues sin motivo alguno añadió una dolorosa punzada a aquel triste padecimiento, dado que tenía siempre por allí a unos robustos vigilantes con cuyas espléndidas formas masculinas se les hacía la boca agua a las pobres damiselas, pero que por desgracia se hallaban desprovistos de nada con que poder solazar a una palmatoria, pues los susodichos caballeros eran eunucos. Por si no lo sabéis, un eunuco es una persona a quien le han apagado la vela. Con refinamiento.

Conforme sigamos avanzando, de vez en cuando tomaré un precepto bíblico y os demostraré que, como todos, viola alguna ley de Dios. A partir de entonces es cuando se incluye en los códigos de leyes de los países humanos, donde continúa sus desafueros. Pero todo esto ya vendrá; no hay prisa.

CARTA 9

El arca continuó su viaje a la deriva por aquí, allá y acullá, sin rumbo ni control, a merced de súbitos vendavales y mareas traicioneras. ¡Ay, la lluvia, la lluvia, la lluvia! Seguía cayendo, jarreando, empapando, diluviando. Nadie había visto nada semejante jamás. Algunos habían oído hablar de cuarenta y cinco centímetros al día, pero eso no era nada. Ahora caían trescientos cincuenta centímetros al día. ¡Tres metros! A este ritmo increíble llovió durante cuarenta días y cuarenta noches y todos los montes de ciento treinta metros de altura quedaron sumergidos bajo las aguas. Entonces, como si se hubieran secado los cielos y hasta los mismísimos ángeles, se acabó lo que se daba.

Como Diluvio Universal, fue poca cosa, pero ya había habido montones de Diluvios Universales, como atestiguan las Biblias de todos los países, y este había sido tan bueno como el mejor.

Por fin el Arca tomó velocidad y arribó a la cima del monte Ararat, que se erguía a más de cinco mil metros sobre un valle. Y su animado cargamento desembarcó y bajó por la montaña.

Noé plantó un viñedo, bebió el vino y se sintió colmado.

Este humano había sido seleccionado entre todos los pueblos porque era el mejor espécimen que había. Su cometido era iniciar la raza humana sobre una nueva premisa. Y esa, precisamente, era la nueva premisa. Pero no parecía muy prometedora. Seguir adelante con el experimento era correr un riesgo tan enorme como insensato. Había llegado el momento de hacer con estas gentes lo que tan juiciosamente se había hecho con las demás: ahogarlas. Cualquiera, menos el Creador, se habría dado cuenta. Pero él no supo verlo. Mejor dicho, no se sabe si lo vio.

En todo caso se cuenta que Él ya sabía desde el principio de los tiempos todo lo que iba a pasar en el mundo. De ser esto cierto tendría previsto que Adán y Eva probaran la manzana, que su descendencia fuera insufrible y hubiera que ahogarla, que la descendencia de Noé también resultara insufrible y que, tras abandonar su trono en el cielo, él acabaría bajando al mundo y se dejaría crucificar para salvar una vez más a la agotadora raza humana. ¿A toda ella? ¡No! ¿A una parte? Sí. ¿A cuál? Pues durante cientos y cientos de generaciones mil millones morirían y hallarían la perdición en cada generación, salvo unos diez mil que se librarían. Esos diez mil pertenecerían a la pequeña comunidad de cristianos y sólo uno entre cada cien tendría alguna posibilidad de salvarse dentro de ese grupo reducido. Pero sólo tendrían esa suerte los católicos —con un cura dispuesto a aderezarles el alma al dar el último suspiro— y algún que otro presbiteriano. Ningún otro se salvaría. Todos los demás, condenados. Millones de ellos.

¿Estáis dispuestos a aceptar que él supiera todo esto de antemano? El clero lo da por hecho. Es decir, nos asegura que en materia intelectual la Deidad es el Gran Pobre del Universo y que el listón de la moralidad y el temperamento lo tiene muy bajo, al mismo nivel que David.

CARTA 10

Los dos testamentos bíblicos son interesantes, cada uno a su manera. El Antiguo nos presenta un retrato del Dios de estas gentes tal y como era antes de hacerse religioso y el otro nos lo retrata a partir de entonces. El Antiguo Testamento se interesa ante todo por la sangre y la sensualidad. El Nuevo, por la salvación. La Salvación por el Fuego.

La primera vez que la Deidad bajó a la Tierra trajo consigo la vida y la muerte. Cuando vino por segunda vez trajo el mismísimo Infierno.

Si la vida no era un don valioso, la muerte en cambio sí lo era. La vida era un delirio febril de alegrías amargadas por la tristeza y placeres envenenados por el dolor. Más que un sueño era un turbulento ensueño de gozos espasmódicos y fugaces, éxtasis triunfales y exultaciones felices entremezcladas con interminables desdichas, padecimientos, amenazas, horrores, desengaños, fracasos, afrentas y angustias, es decir, la mayor maldición imaginable por el ingenio divino. Pero la muerte, ¡ay!, la muerte era dulce, apacible y cordial. La muerte aliviaba los espíritus lacerados y corazones rotos con el reposo y el olvido. La muerte era la gran aliada del humano. Cuando una persona se sentía incapaz de seguir soportando la vida, llegaba la muerte como una liberación.

Pero con el tiempo la Deidad decidió que se había equivocado con la muerte, porque se le estaba quedando corta. Es decir, que como agente no bastaba porque aun siendo admirable a la hora de atormentar al superviviente, permitía al muerto propiamente dicho refugiarse de toda persecución una vez enterrado en la bendita tumba. Esto no era satisfactorio. Había que idear una forma de perseguir a los muertos más allá de la tumba.

La Deidad rumió este asunto durante cuatro mil infructuosos años, pero en cuanto llegó a la Tierra y se hizo cristiano se le aclaró la mente y supo lo que debía hacer. Primero inventó el Infierno y luego lo anunció.

La verdad es que resulta curioso. Todos tienen la creencia de que mientras estuvo en el cielo, Dios fue severo, injusto, resentido, celoso y cruel, pero que al bajar a la tierra y tomar el nombre de Jesucristo se convirtió en lo contrario de lo que había sido, es decir, se volvió amable, cordial, misericordioso y paciente. Su carácter cruel desapareció y en su lugar brotó el intenso amor que sentía por sus pobres hijos humanos. ¡Pero fue siendo Jesucristo cuando concibió el Infierno y lo anunció!

Es decir, que como humilde y piadoso Salvador fue miles de millones de veces más cruel de lo que había sido en el Antiguo Testamento. ¡Ay, era incomparablemente más atroz que en sus peores momentos de los viejos tiempos!

¿Humilde y piadoso? Más adelante examinaremos este sarcasmo popular a la luz de ese infierno que Él mismo inventó.

Si bien es cierto que Jesús se merece la palma de la maldad como inventor del Infierno, conviene recordar que ya era poco propicio para las funciones divinas incluso antes de hacerse cristiano. No parece que contemplara jamás la posibilidad de culparse a sí mismo cuando un hombre se echaba a perder, pues el hombre estaría actuando conforme a la naturaleza que le hubiera infligido el capricho divino. No, en vez de culparse a sí mismo, castigaba al hombre. El castigo solía superar a la ofensa y frecuentemente no escarmentaba a quien hubiera cometido la fechoría, sino a otro humano importante, el cabecilla de una comunidad. Ved este ejemplo:

Y moraba en aquel tiempo Israel en Setim y fornicó el pueblo con las hijas de Moab.

Dijo el Señor a Moisés: «Toma a todos los caudillos del pueblo y cuélgalos en el patíbulo bajo el sol, para que se aparte mi saña de Israel».

¿Lo consideráis justo? No parece que los «caudillos del pueblo» tomaran parte en el adulterio, pero es a ellos a quien se ahorca en vez de al «pueblo».

Si el castigo se consideró justo y necesario entonces, también debería ser justo y necesario hoy, pues el clero mantiene que la justicia divina es eterna e inmutable y también que Dios es el principio eterno e inmutable de la moral humana. Pues bien, entonces debemos creer que si el pueblo de Nueva York obligara a prostituirse a las hijas de Nueva Jersey, sería justo y necesario instalar un cadalso delante del ayuntamiento y ahorcar al alcalde, al alguacil, a los jueces y al arzobispo, aunque no hayan participado en ello. A mí, sinceramente, no me parece bien.

Por otra parte, podéis estar bien seguros de que jamás sucedería algo así. Estas gentes no lo permitirían. Son mejores que su Biblia. Aquí no pasaría nada de nada, salvo algún que otro pleito por daños si no se lograra encubrir el caso. Ni siquiera en el sur del país serían capaces de atentar contra gentes ajenas a la tropelía. Provistos de una soga, saldrían en busca de los responsables y en caso de no encontrarlos ahorcarían a un negro.

Las cosas han mejorado mucho desde los tiempos del Todopoderoso, diga lo que diga el clero.

¿Queréis examinar más a fondo la naturaleza, la moral y la conducta de la Deidad? ¿Y recordareis que en clase de religión se encomia a los niños a amar, honrar y alabar al Todopoderoso, tomándole como modelo para intentar parecerse a Él todo lo que puedan? Pues leed:

1 Y habló el Señor a Moisés, diciendo:

2 Venga primero a los hijos de Israel de los madianitas y después serás recogido a tu pueblo.

7 Y habiendo combatido a los madianitas y vencido, mataron a todos los varones.

8 Y a sus reyes: Eví, Recem, Sur, Hur y Rebe, cinco príncipes de la nación; y mataron también a cuchillo a Balam, hijo de Beor.

9 Y tomaron sus mujeres y sus hijos y todos los ganados y todos los muebles: saquearon cuanto pudieron alcanzar.

10 Tanto las ciudades como las aldehuelas y castillos las consumió la llama.

11 Y llevaron el botín y todo cuanto habían tomado tanto de hombres como de bestias.

12 Y lo trajeron a Moisés y a Eleazar el Sacerdote y a toda la multitud de los hijos de Israel. Y llevaron los demás utensilios al campamento en las campiñas de Moab, junto al Jordán, enfrente de Jericó.

13 Y salieron a recibirlos fuera del campamento Moisés y el Sacerdote Eleazar y todos los príncipes de la sinagoga.

14 Y se enojó Moisés contra los Príncipes del ejército, Tribunos y Centuriones que habían venido de la guerra.

15 Dijo: ¿Por qué habéis reservado las mujeres?

16 ¿No son ellas las que por sugestión de Balam engañaron a los hijos de Israel y os hicieron prevaricar contra el Señor por el pecado de Fogor, por cuya causa fue también herido el pueblo?

17 Matad pues a todos cuantos varones hubiere y aun también a los niños; y degollad a las mujeres que en coito conocieron a hombres;

18 Mas reservaos sólo a las muchachas y todas las doncellas.

19 Y permaneced fuera del campamento siete días. Quien hubiere muerto a hombre o tocado al que fue muerto, se purificará el día tercero y el séptimo.

20 Y todo el botín, ya fuere vestido o vasija y alguna cosa de pieles o de pelos de cabra, o de madera que pueda tener uso, será purificada.

21 Eleazar el Sacerdote habló también de esta manera a los hombres del ejército que habían peleado: Este es el precepto de la ley que mandó el Señor a Moisés…

25 Dijo también el Señor a Moisés:

26 Haced un inventario de las cosas que han sido apresadas, desde el hombre hasta la bestia, tú y Eleazar el Sacerdote y los Príncipes del pueblo:

27 Y dividirás por partes iguales el botín entre aquellos que pelearon y salieron a la guerra y entre toda la multitud restante.

28 Y separarás una parte para el Señor de aquellos que pelearon y se hallaron en la batalla…

31 Y lo hicieron Moisés y Eleazar, como lo había mandado el Señor.

32 Fue pues el botín que había tomado el ejército: de ovejas, seiscientas setenta y cinco mil,

33 De bueyes, setenta y dos mil,

34 De asnos, sesenta y un mil;

35 Personas de sexo femenino que no habían conocido varones, treinta y dos mil…

40 De las dieciséis mil almas de hombre, tocaron para porción del Señor treinta y dos almas;

41 Y entregó Moisés el número de las primicias del Señor a Eleazar el Sacerdote, como le había sido mandado…

47 Tomó Moisés una cabeza por cada cincuenta y la dio a los Levitas que estaban de centinela en el tabernáculo del Señor, como lo había mandado el Señor.

10 Si alguna vez te acercares a una ciudad, primeramente le ofrecerás la paz.

13 Y cuando el Señor Dios tuyo la entregare en tu mano, pasarás al filo de espada todos los varones que hay en ella;

14 Mas no a las mujeres, ni a los niños y las bestias y las otras cosas que hubiere en la ciudad. Repartirás entre el ejército todo el botín y comerás de los despojos de tus enemigos que el Señor Dios tuyo te diere.

15 De este modo tratarás a todas las ciudades que están muy lejos de ti, que no son de aquellas ciudades que has de recibir en posesión.

16 Mas en cuanto a las ciudades que te serán dadas, a ninguno absolutamente dejarás con vida.

La Ley bíblica dice: «No matarás».

La Ley de Dios, impresa en el corazón del hombre desde su nacimiento, dice: «Matarás».

El capítulo que he citado os demuestra que el precepto bíblico fracasa una vez más al no poder obviar la más poderosa Ley de la naturaleza.

De acuerdo con la creencia de estas gentes fue el propio Dios quien dijo: «No matarás».

Entonces está claro que es incapaz de cumplir sus propios mandamientos.

Fue Él quien mandó matar a todas esas gentes, a todos los varones.

Habían ofendido a la Deidad de alguna forma. Y la ofensa sabemos a ojos cerrados cuál fue. Es decir, sabemos que sería una nadería, una pequeñez a la que nadie salvo un dios daría importancia alguna. Es más que probable que uno de los madianitas estuviera imitando la conducta de un tal Onán, que recibió la orden de «entrar a la mujer de su hermano», cosa que hizo, pero en lugar de terminar, «se derramó en tierra». Por eso mató el Señor a Onán, porque el Señor nunca ha tolerado la falta de delicadeza. Así que mató a Onán y a día de hoy el mundo cristiano no entiende por qué se conformó sólo con Onán en lugar de matar a todos los habitantes que hubiera en unos quinientos kilómetros a la redonda, que eran inocentes de ofensa alguna y, por tanto, precisamente los que Dios solía matar. No en vano fue siempre esa su idea de un trato justo. De haber tenido un lema, habría sido: «No dejar escapar a ninguna persona inocente». Recordad lo que hizo en tiempos del Diluvio. Había muchos, muchísimos niños diminutos que no le habían hecho nunca nada. Pero Él sabía que los parientes de los niños sí eran culpables, y eso le bastó. Sin inmutarse vio subir las aguas hasta anegar los temblorosos labios infantiles, vio el terror que asomaba a sus ojillos, vio los rostros angustiados de unas madres cuyas súplicas habrían ablandado cualquier corazón menos el suyo, pero Él seguía empeñado en castigar a los inocentes, así que tuvo que ahogar a aquellos pobres chiquillos.

Recordareis que en el caso de la descendencia de Adán había miles de millones humanos inocentes, pues ni uno solo de ellos participó en aquel primer desliz, pero la Deidad se lo sigue achacando hasta el día de hoy. Nadie se libra salvo si se declara culpable. No hay mentirijilla que valga.

Algún madianita debió de repetir el acto de Onán, haciendo caer a su pueblo en la más absoluta desgracia. Y si no fue esa la falta de delicadeza que hizo enfurecer a la Deidad, entonces ya sé lo que pasó: algún madianita debió de mear en una pared. Estoy seguro de ello, porque es una de esas groserías que el Manual de la Divina Cortesía no ha tolerado nunca. Una persona puede mear en un árbol, encima de su madre o en los pantalones, y no pasa nada, pero que no se le ocurra mear en una pared, porque eso es pasarse mucho de la raya. El origen del prejuicio divino contra ese minúsculo delito no consta, pero sabemos que era un prejuicio muy fuerte, tanto que la Deidad sólo se apaciguaba con una masacre al por mayor de los habitantes de la región donde estuviera la pared mancillada.

Tomemos el caso de Jeroboam. «Y de la casa de Jeroboam destruiré al que mea a la pared». Y así fue. Pero no sólo al hombre que lo había hecho, sino a todos sus parientes.

Lo mismo ocurrió en la casa de Basa: todos fueron exterminados, familiares, amigos, todos, sin quedar ni uno que «mease a la pared».

La historia de Jeroboam es un buen ejemplo de la costumbre de la Deidad de no limitar sus castigos a los culpables, y de incluir siempre a los inocentes. En este caso se eliminaron todos los «residuos» de esa desgraciada casa, «como suele barrerse el estiércol hasta no dejar rastro». Aquí se incluyen las mujeres, doncellas y niñas, todas ellas inocentes, pues no habrían podido mear en una pared. Las personas de su sexo no pueden. Sólo los miembros del otro sexo son capaces de semejante hazaña.

Curioso prejuicio este. Y aún existe. Las familias de religión protestante siguen teniendo la Biblia a mano en casa, para que los hijos la estudien. Una de las primeras cosas que aprenden las niñas y niños pequeños es a ser justos y puros, y a no mear en la pared. Estos son los pasajes que estudian más a fondo, junto con los que incitan a la masturbación. Estos últimos los buscan y los estudian en privado. No existe ningún niño protestante que no se masturbe. Este arte es uno de los primeros provechos que le otorga su religión. También es uno de los primeros que esta religión concede a las niñas.

La Biblia tiene una ventaja por encima de todos los demás libros que enseñan refinamiento y buena educación, y es que el niño la tiene a mano. Así cala hondo en su mente a la edad más susceptible y propensa, mientras que al resto de los libros le toca esperar.

Llevarás una estaca en el cinto. Y después que hayas depuesto, cavarás alrededor y cubrirás con la tierra que sacaste aquello de que te has aliviado.

Esta norma se inventó en aquel entonces porque «el Señor, tu Dios, anda en medio de tu campamento».

Probablemente no merezca la pena intentar averiguar a ciencia cierta por qué exterminaron a los madianitas. Sólo podemos estar seguros de que no se trataría de una gran ofensa, cosa que nos demuestran los casos de Adán, el Diluvio y los mancilladores de la pared. Tal vez algún madianita se dejara la estaca en casa, desencadenando el desastre. Pero eso es lo de menos. Lo fundamental es el desastre en sí mismo, y las variadas moralinas que ofrezca para la instrucción y mejoramiento del cristiano de hoy.

Dios escribió en las tablas de piedra: «No matarás» y también «No fornicarás».

Pablo, mensajero de la voz sagrada, aconsejó incluso abstenerse totalmente de las relaciones sexuales. Toda una transformación de la perspectiva divina respecto de los tiempos en que sucedió el incidente de los madianitas.

CARTA 11

Toda época de la historia humana está teñida de sangre, atormentada por el odio y salpicada de crueldad, rasgos que desde los tiempos bíblicos no han conocido límite alguno. Incluso la Iglesia, que de ayer a hoy ha derramado más sangre inocente que todas las guerras políticas juntas, tiene un límite. O algo semejante a un límite. Pero recordad que cuando el Señor Dios de los Cielos y la Tierra, el adorado Padre de los Humanos, va a la guerra, no hay límite alguno. Aquel a quien llaman la Fuente de la Piedad carece absolutamente de piedad. ¡Lo suyo es matar, matar, matar! Matar a todo hombre, bestia, joven o niño. Y también a toda mujer o niña, salvo la que no haya sido desflorada.

No hay distingos entre el humano inocente y el culpable. Inocentes eran los recién nacidos, las bestias, muchos de los hombres, muchas de las mujeres, muchos de los niños, muchas de las niñas. Todos inocentes que, sin embargo, tuvieron que sufrir junto a los culpables. Lo que el Padre demente exigía era sangre y dolor. Poco le importaba quién se lo proporcionara.

El peor castigo de todos se lo llevaron unas personas que de ninguna manera pudieron merecer tan terrible destino: las 32 000 vírgenes. Para cerciorarse de que aún tenían el himen intacto les examinaron las partes pudendas. Tras someterlas a esta humillación las sacaron de casa para venderlas como esclavas, condenándolas a la esclavitud peor y más vergonzosa: la prostitución. Es decir, esa esclavitud del lecho que provoca la lujuria para satisfacerla con el propio cuerpo; esa esclavitud asequible a cualquier comprador, desde un caballero hasta un rufián tosco y sórdido.

Sí, fue el Padre quien infligió tan cruel e inmerecido castigo a esas desconsoladas y abandonadas vírgenes a cuyos padres y familiares había matado ante sus propios ojos. Y ellas, entretanto, ¿le rezarían rogándole que se apiadara y las salvara? Sin duda alguna.

Pero las vírgenes se consideraban «botín», pillaje, saqueo. Él quería su parte y la consiguió. ¿De qué le servían a él las vírgenes? Seguid leyendo y lo sabréis.

Los sacerdotes de Dios también se quedaron con un lote de vírgenes. ¿Y a los sacerdotes, de qué les servían las vírgenes? La historia privada de la confesión católica os respondería a esa pregunta. A lo largo de toda la historia de la Iglesia, el gran divertimento del clero ha sido la seducción. El padre apóstata Jacinto Loyson testifica que de un centenar de sacerdotes a quienes confesó, noventa y nueve habían usado con éxito el confesionario para seducir a mujeres casadas y solteras jóvenes. Un sacerdote reveló que de las novecientas mujeres adultas y jóvenes a quienes había confesado a lo largo de su vida, ninguna se había librado de su lujurioso tacto, excepto las ancianas y las feas. La lista oficial de preguntas que hace todo sacerdote excitará, en un número aplastante de casos, a cualquier mujer que no sea paralítica.

En toda la historia humana anterior y posterior a la civilización no hay ningún suceso tan rotundo, despiadado e implacable como la campaña del Padre de la Misericordia contra los madianitas. La versión oficial no aporta hechos concretos, episodios ni pequeños detalles. La información siempre versa sobre grandes multitudes: todas las vírgenes, todos los hombres, todos los niños, todas las «criaturas que respiran», todas las casas, todas las ciudades. Apenas nos da la descripción general de unas ciudades calcinadas y desoladas, una catástrofe que se extiende por aquí, allá y acullá, tan lejos como llega la vista. Al leerlo nuestra imaginación aporta una lúgubre quietud, un silencio espeluznante, el silencio de la muerte. Pero parece obvio que sucederían muchas cosas. ¿Cómo podemos saber cuáles fueron?

Debemos acudir a la historia más reciente, es decir, la historia del indio norteamericano. El indio ha duplicado la labor de Dios y con el mismo fervor. En 1862 los indios de Minnesota, grandemente ofendidos y traicionados por el gobierno de los Estados Unidos, se alzaron contra los colonos blancos y los masacraron. Es decir, mataban a toda persona que les caía entre manos, sin distingos de sexo ni edad. Prestad atención a este suceso:

Doce indios entraron en una granja al amanecer y capturaron a la familia, que consistía en el granjero, su mujer y cuatro hijas, la menor de catorce años y la mayor de dieciocho. A los padres los crucificaron, es decir, los colocaron desnudos contra el muro del salón y les clavaron las manos a la pared. Luego desnudaron a las hijas, las tumbaron en el suelo delante de sus padres y las violaron repetidamente. Después crucificaron a las niñas en la pared opuesta a la de sus padres y les cortaron la nariz y el pecho. Además… Pero no voy a entrar en detalles. Todo tiene un límite. Hay humillaciones tan atroces que la pluma se niega en redondo a escribirlas. Os diré que cuando acudieron a rescatarlos dos días después, sólo un miembro de la pobre familia crucificada —el padre— seguía vivo.

Pues bien, ya conocéis un episodio de la masacre de Minnesota. Os podría contar otros cincuenta casos que abarcan todas las variedades de crueldad inventadas por el atroz talento humano.

Y ahora ya sabéis, por estas inequívocas verdades, lo que sucedió bajo la dirección personal del Padre de las Misericordias en su campaña contra los madianitas. La campaña de Minnesota fue un simple duplicado del ataque a los madianitas. Nada ocurrió en un caso que no hubiera ocurrido en el otro.

Bueno, tal vez eso no sea del todo cierto. El indio fue más compasivo que el Padre de las Misericordias. No vendió a las vírgenes como esclavas para saciar de por vida la lujuria de los siniestros verdugos de sus familias. El indio las violaba, pero les acortaba piadosamente el sufrimiento con el impagable regalo de la muerte. Quemaba casas, pero no todas. Robaba animales inocentes, pero no les quitaba la vida.

¿Puede esperarse que este Dios sin conciencia, este insolvente moral, sea un maestro de la moralidad, la bondad, la sumisión, la rectitud y la pureza? Parece una extravagancia imposible, pero escuchadle. Estas son palabras suyas:

Bienaventurados los pobres de espíritu,

porque de ellos es el reino de los cielos.

Bienaventurados los humildes,

porque ellos poseerán la tierra.

Bienaventurados los que lloran,

porque ellos hallarán consuelo.

Bienaventurados los que han hambre y sed de justicia,

porque ellos serán hartos.

Bienaventurados los misericordiosos,

porque ellos alcanzarán misericordia.

Bienaventurados los de limpio corazón,

porque ellos verán a Dios.

Bienaventurados los pacíficos,

porque hijos de Dios serán llamados.

Bienaventurados los que padecen persecución por la justicia, porque de ellos es el reino de los cielos.

Bienaventurados sois cuando os maldijeren y os persiguieren y dijeren todo mal contra vosotros mintiendo por mi causa.

Los labios que pronunciaron estos enormes sarcasmos, estas hipocresías gigantescas, son los mismos que ordenaron la masacre indiscriminada de los hombres, las mujeres, los niños y el ganado del pueblo madianita. La destrucción indiscriminada de casas y ciudades. La perdición indiscriminada de unas vírgenes convertidas a la esclavitud más perversa e inenarrable. Es el mismo ser que infligió a los madianitas las diabólicas crueldades que repetirían los indios, hasta el último detalle, en Minnesota dieciocho siglos después. El episodio de los madianitas le llenó de alegría. El de Minnesota también, o lo habría impedido.

Las Bienaventuranzas y los capítulos citados del Libro de los Números y el Deuteronomio deberían leerse siempre juntos en misa. Así los fieles se harían una idea cabal de cómo es Nuestro Padre Celestial. Pero no sé de ningún cura que haya hecho algo así jamás.

****

LOS APUNTES DE LA FAMILIA DE ADÁN

DIARIO DE MATUSALÉNPRIMER DÍA DEL CUARTO MES DEL AÑO 747 DEL COMIENZO DEL MUNDO

El día de hoy cumplo sesenta años, al haber nacido el año 687 del comienzo del mundo. Ha venido a verme un pariente que reza por mí para que me case y no deje la familia sin descendencia. Pero aún soy joven para semejante compromiso, bien que mi padre Enoc, mi abuelo Jared, mi bisabuelo Mahaleel y mi tatarabuelo Cainán tomaron esposa, todos y cada uno de ellos, a una edad semejante a la que yo acabo de alcanzar. Ahora se han pronunciado todos sobre mí y concurren al desear que me case, como primogénito de mi padre que soy, y heredero de la casa solariega en su debido momento, y dueño último de las ciudades, principados y dignidades que le corresponden, cuando plazca a los dioses llamar en lo venidero a aquellos herederos y familiares mayores que aún vivan y se interpongan entre tan altos honores y yo.

DÍA DÉCIMO

He despachado a varios hombres sabios de regreso a sus respectivos países con su séquito y mis obsequios, pues no requiero ya más maestros al haber terminado mi juventud y traspasado el umbral de la edad adulta. Al sabio Uz, que vivía en la lejana tierra de Nod, en la vetusta ciudad de Enoc, le he dado un centurión y un tropel de valerosos guerreros entresacados de mis propios guardianes para protegerle a él y a su caravana de los hijos de Jabel que pueblan los lugares de paso por el desierto. Su tataranieta Sela se ha quedado en casa de su pariente Habacuc, contenta de poder prolongar su visita, y ellos de hospedarla. Una doncella bien parecida y modesta.

DÍA DÉCIMO OCTAVO

Es el aniversario de la construcción de la ciudad. ¡Que la prosperidad acompañe a Aumrat y a quienes viven entre sus muros! Mi bisabuelo Mahaleel, que puso la primera piedra hace trescientos años, recibió a los caudillos sentado majestuosamente en lo alto del templo, donde alabó las grandezas de la ciudad, la fuerza, el poder y el esplendor de sus posesiones. Dijo que él vio levantar la primera casa y había sido testigo del progreso desde aquel pequeño comienzo hasta hoy cuando ya cubre las cinco colinas y los valles que las separan, con una población que ningún hombre es capaz de contar. Es una ciudad verdaderamente vistosa, con varios templos y palacios de robustos muros, calles que parecen no acabar nunca y casas todas de piedra. La primera casa se cayó de vieja, aunque muchos la visitan con respeto y a ninguno se le permite dañarla. Pero llegan muchos necios, extraños de otros lugares con la vana costumbre de grabar en la piedra sus nombres junto al del remoto lugar del que proceden, lo cual es una simpleza que tacha de cretino a quien lo hace.

DÍA VIGÉSIMO CUARTO

Hoy se han presentado ante la corte de mi padre varios ilusionistas, uno de los cuales ha comido fuego, metiéndose unas ascuas en la boca, masticándolas con los dientes y tragándolas. También ha bebido nafta ardiendo sin traslucir molestia alguna, sino más bien apetencia y gozo.

Otro de ellos tapó a un niño con un cesto y le clavó una espada que sacó chorreando sangre mientras el niño gritaba. Al dar vuelta al cesto el niño había desaparecido y su sangre también. Pero estos son trucos antiguos y de escaso mérito.

Uno de los magos se tragó una espada combada y más larga que el brazo de un hombre. Era un mozo de voz tenue y buenos modales, pero deseé que se le abrieran las entrañas para poner fin a aquellos entretenimientos, pues en presencia de mi padre ni yo ni nadie puede sentarse o marcharse mientras él no lo haga. Pero él estaba feliz y verdaderamente maravillado, lo que es consecuencia de dedicar mucho tiempo al retiro y al estudio, y poco a ver lo que sucede fuera de casa. En verdad estos añejos divertimentos le produjeron tal admiración que ningún patán llegado de fuera sería capaz de superarlos.

Luego mi padre fue al teatro con gran pompa y acompañado de la corte, todos vestidos con sus mejores galas. Este nuevo actor, Luz, cuya fama recorre el país estos últimos tiempos, deslumbró tanto a la multitud en el papel principal de Adán en La expulsión del Edén (un clásico ilustre y venerable que no tiene comparación en estos tiempos modernos), que todos sollozaron en voz alta, gritaron y se pusieron en pie tantas veces que parecía que no iban a parar nunca. En estas entra Jebel, el vivaracho hermanastro de mi tatara-tatara-tatarabuelo Enos, arqueando las cejas y mirando compungido a un lado y a otro del público como diciendo: «Válgame el cielo, ¿acaso esto es hacer teatro?». Siempre está igual. Nada parece gustarle salvo todo lo antiguo y lo necio, lo que él ha visto y los demás no. Todo lo moderno le parece trivial y flojo, sin disfrutarlo él ni permitir a los demás que lo hagan. A menudo le da por disertar largo y tendido, en tono engreído y pomposo, sobre lo grande que fue el teatro en otros tiempos, antes de esta época degenerada, diciendo: «Diantre, cuando vivía el gran Oziel, ¡ese sí que era un Adán! Válgame Dios, cuando quienes hemos visto buen teatro miramos atrás y recordamos lo que fue la escena hace cuatrocientos o quinientos años…». Entonces se arrebata tanto con sus propios sufrimientos, sus osados alardes y sus mentiras prodigiosas que uno querría verle entre sus ídolos desaparecidos y agradecería a Dios que así fuera. Qué cargantes son estas gentes amargadas, desdentadas y viejas que viven sin otro motivo, parece ser, que restregarle a uno por las narices las maravillas sobrestimadas de unos tiempos olvidados que nadie más que ellos recuerdan. La ancianidad tiene sus encantos, pero este no es uno de ellos. Y se lo habría dicho en pocas palabras, la verdad, si tal proceder no fuese insólito para mi corta edad y mi rala barba.

DÍA VIGÉSIMO SÉPTIMO

Hoy Suar, un esclavo mío, se ha postrado ante mí recordándome humildemente que se cumplen ahora seis años desde que lo compré a su padre. Tras mandar llamar a mi administrador, me ha demostrado que así era. Al ser un hebreo no puedo quedármelo y le he dicho que quedaba liberado de la esclavitud. Entonces él se ha inclinado de nuevo hasta casi tocar el suelo, diciendo: «Mi señor, tengo mujer e hijos». A lo que yo, sin pensar, hubiera dicho: «Que vayan también contigo», pero mi administrador, poniéndose de rodillas, ha gritado: «Oh, Príncipe, no puedo dejar de cumplir mi deber por difícil que sea. Ellos no llegaron con él cuando se le compró. Su Excelencia le concedió a su esposa, y los hijos han nacido esclavos». Todo lo cual me preocupó, pues al no conocer bien mis propios asuntos, no había tenido experiencia de un caso parecido, pero dije: «Bien, si es así, que así sea. Dale dinero y ropas, y que se vaya de su casa solo. Pero sé amable con su mujer e hijos, que no serán vendidos ni pasarán penurias».

Entonces Suar se puso en pie y tras despedirse se marchó encogido, como quien sufre una gran pena. Yo no me había quedado tranquilo, pese a haber obedecido la ley. Prefería que aquello hubiese sido de otra manera. Acudí a verlos por mi cuenta, impidiendo a mis guardianes acompañarme, y los hallé uno en brazos del otro, en silencio, con el rostro pétreo y sin derramar una lágrima. En torno a sus rodillas parloteaban los niños, regañando por una mariposa que uno de ellos había cogido. He vuelto a mi casa desencantado de la vida, cosa extraña, siendo ellos tan solo unos esclavos, polvo bajo mis pies. Tengo que pensar más sobre este asunto.

DÍA VIGÉSIMO OCTAVO

Han venido a verme estas pobres criaturas. Suar, cuyo rostro afligido contrastaba con sus palabras, dijo: «Mi señor, de acuerdo con el uso y costumbre de la ley, vengo a declarar que amo a mi señor como amo a mi esposa y mis hijos, así que me niego a quedar en libertad. Por tanto, pido que ante los jueces me perforen la oreja con una lezna para poder regresar con los míos a la esclavitud eterna, pues eso o la propia muerte es mejor que verme separado de quienes son para mí más que el pan de cada día, o la luz del sol, o el aliento que da la vida».

No sé si hice bien, pero no tuve corazón para soportarlo. Por eso le dije: «Es una ley dura y cruel. Marchad libres, todos vosotros, y así me libraré yo de mis remordimientos». Se trataba de sirvientes valiosos, pero ruego a Dios que no me haga arrepentirme de ello, pues mi hacienda es tan grande y opulenta que a fin de cuentas es deshacerse de una minucia.

MES QUINTO, DÍA TERCERO

No soporto a la princesa Sara, la nieta de mi pariente Elía. Por muy rica, importante y antigua que sea la casa a la que pertenece, no me casaré con ella a no ser que mi padre me obligue. Hace tres días que Sara ha vuelto, con un gran séquito de nobles y esclavos menores, a pasar unos días en el palacio de mi padre, que está cerca del mío nuevo. La susodicha es casi de mi edad, aunque algo mayor, pero preferiría que fuera algo menor, pues acaba de cumplir sesenta y uno. Señor, a su edad debiera estar rozagante y alegre, pero tiene la gravedad de una matrona, un aspecto vetusto y una piel cetrina. Pretende pasar por sabia e instruida y, ensimismada en su arrogancia, camina con la nariz levantada. Dios quiera que la trompa no se le trabe en una rama de árbol y se quede colgada, cosa que podría ocurrirle. Tal como se estila en estos tiempos, lleva en la cabeza más pelo comprado en el bazar del que le ha dado la propia naturaleza para hacerle compañía. Si se estilase aumentar la nariz en la misma proporción que la gracia divina nos ha dado, entonces, me pregunto yo ¿qué haría esta mujer? Vaya donde vaya, arrastra a un insufrible perro de lanas atado a una correa. Al sentarse se lo pone en las rodillas y lo acaricia sin parar. Cuando hace frío cubre al animal con una tela roja bordada para que no coja un catarro o una fiebre, y el mundo entero sufra su pérdida. Maldigo el día en que yo pueda ser heredero de esa casa y tenga que dejarme querer por su dueña. Amén.

DÍA QUINTO

Mientras paseaba por el patio de las fuentes han venido Suar y su esposa Maila y se han postrado ante mí para hacerme una petición. Mis guardianes querían tratarlos con dureza por haber interrumpido mi retiro y mis meditaciones, pero no se lo he permitido, pues al haber sido compasivo con ellos les he tomado cierto cariño. Lo que querían era que les incluyese en mi cuerpo de casa, cosa que he hecho, aunque es curioso que las criaturas de su clase, simples como son, se avengan a rogar en persona a alguien de mi categoría. A Maila la he enviado a trabajar en las dependencias de las mujeres y quiero que Suar permanezca a mi lado como maestro de pajes. A ambos les daré un buen sueldo, cosa que me han agradecido mucho, no habiendo esperado ni aspirado a tener tan buena fortuna.

En torno al mediodía he visto a la muchacha Sela pasar por la puerta grande del palacio con una sola criada, pues son gentes de rango civil y sin hacienda propia. Su tatarabuelo Uz era un gran sabio, pero sus antepasados carecían de toda categoría. Eran idólatras, adoradores de Baal, sujetos por ley a ciertos requisitos y limitaciones de privilegios. Esta muchacha es muy hermosa, mucho más, a decir verdad, de lo que me había parecido hasta ahora.

DÍA DÉCIMO

La ciudad entera ha salido a las calles, subiéndose a los muros, las azoteas y los sitios con buena vista para ver a los salvajes recién llegados a la ciudad. Son de la famosa tribu de los jabelitas que no viven en casas, sino en tiendas y andan en hordas sin ley a lo largo y ancho de los grandes desiertos del lejano nordeste, cerca de las tierras de Nod. Estas hordas llegaban en número de veinte con jefes de mayor a menor importancia y muchos sirvientes, todos montados en camellos y dromedarios. Era una especie de quimérica ceremonia bárbara para rendir pleitesía a mi padre y acordar un pacto de paz por el cual ellos recibirán bienes, baratijas y aperos de labranza que los comprometían a dejar libres los caminos y no molestar a nuestras caravanas y mercaderes.

Una visita como esta nos la hacen tan sólo una vez cada cincuenta o sesenta años. Después se marchan, rompen el acuerdo y vuelven a ocasionar altercados. Sin embargo, no se les puede culpar siempre. Ellos pactan irse a morar en las tierras que se les asignan y subsistir respetando la paz, pero los hombres enviados para gobernarles los traicionan y menoscaban, mandándolos a otras regiones peores, robándoles sus tierras de siembra y de caza, maltratándolos a golpes si se resisten, cosa que no toleran. Entonces se levantan en plena noche y masacran a todo aquel que cae en sus manos, vengándose como pueden de la traición y el dominio de los jefes extranjeros. A continuación nuestros ejércitos cargan para llevar la desolación a sus hogares, pero no lo consiguen.

Estos que han venido hoy han recorrido la ciudad viendo sus maravillas, pero sin gritar jamás ni dar muestras de su admiración en modo alguno. En la recepción ambos bandos han hecho vehementes discursos y se les ha agasajado antes de despedirles cargados de regalos, sobre todo aperos de labranza que ellos convertirán en armas para emprenderla contra sus perseguidores. Son gentes de rostro fiero, un espectáculo bárbaro digno de verse, pero tanto ellos como las demás tribus de su especie ponen en un brete a mi padre y su consejo. Como no tienen dios, cuando les enviamos un misionero de buena fe para mostrarles el camino, atienden respetuosamente a sus palabras y después se comen al enviado. Esto tiende a entorpecer la propagación de nuestra luz divina.

ANOTACIONES POSTERIORES DEL DIARIO DE MATUSALÉN

DÍA DÉCIMO

No se precisa mucho tiempo para enloquecer con una novedad a las gentes de pocas luces. Mirad, apenas han pasado dos años desde que resucitó un antiguo juego de pelota y a todos se les llena la boca de frases que describen sus partes y movimientos. Tanto es así que a los sabios y personas que suelen ocupar la mente en asuntos más importantes les zumban los oídos con tanto parloteo, hasta acabarles doliendo de pura angustia. Si un hombre engaña a su vecino con un truco que le beneficia en detrimento del vecino, el vulgo dice del perdedor que le han «cogido en falta». Si una persona consigue un triunfo sonado y repentino, sea del tipo que sea, se dice de él que ha hecho «un triple». Si una persona falla estrepitosamente en una empresa de altos vuelos, oiréis decir esto de él: Jas-bat-kakolat. Así ha entrado esta vil deformidad del habla en la mismísima urdimbre y trama del lenguaje, volviendo feo lo que antes era bien proporcionado y hermoso.

Hoy, por orden de mi padre, este juego se ha disputado en el gran patio de su palacio, al modo que se jugaba hace tres siglos. Nueve hombres con las pantorrillas cubiertas de rojo rivalizaban contra otros nueve que llevaban unas calzas azules. Varios de los hombres vestidos de azul se ponían a cierta distancia uno del otro, en cuclillas, con las palmas de las manos sobre las rodillas, mirando; a estos los llamaban «bases» y «jugadores de campo». ¿Por qué? Dios sabrá. No es asunto que me incumba ni para el que tenga tiempo. Uno de los piernas rojas se quedaba en pie, agitando sobre su cabeza un garrote que de vez en cuando dejaba caer al suelo, para volver a menearlo de nuevo. Tras él se ponía en cuclillas uno de los piernas azules que se escupía mucho en las manos y al que llamaban «catcher». Junto a él se agachaba uno llamado árbitro, vestido de calle con ropa de la época, que hacía marcas en el suelo con un palo, pero sin sacar nada en claro, por lo que pude ver. Este decía: «¡Bola!». Entonces uno de los piernas azules lanzaba la pelota con una fuerza descomunal hacia el que tenía el garrote en la mano, pero no lograba hacerle caer porque le fallaba la puntería. Luego todos los llamados «bases» y «jugadores de campo» se escupían en las manos, se agachaban y se quedaban mirando otra vez.

El que tenía el garrote soportaba que le arrojaran la pelota varias veces, pero siempre doblaba el cuerpo hacia dentro o hacia fuera para salvarse, mientras los demás se escupían en las manos y él intentaba destruir al árbitro con el mazo sin lograrlo, pese a sus arduos gestos. Pero al cabo de un tiempo tuvo suerte y logró matar al árbitro, cosa que me agradó sobremanera, por más que él mismo cayera luego al no conseguir esquivar la pelota, que finalmente le rompió el cráneo, para mi enorme satisfacción y gratitud. Dando por hecho que aquello era el final del partido pedí a mi padre permiso para irme y lo recibí, aunque cuantos estaban junto a mí permanecieron sentados, esperando ver caer a los demás jugadores. Pero yo ya tenía bastante y no pienso volver a ver ese deporte en el que los golpes buenos llegan siempre con demasiado retraso, lo que hace que el juego no sea entretenido. Además Jebel también estaba entre el público, henchido de desprecio hacia estos jugadores modernos y alardeando de los nueves tan valientes que conoció él hace trescientos años, muertos ya y podridos, gracias a Dios, que hace bien todas las cosas.

DÍA DUODÉCIMO

Durante estos veinte años se escucha con cada vez mayor fuerza el rumor de que el patriarca de nuestra regia casa y padre de todos los pueblos del mundo, el muy noble, augusto y venerable Adán (¡que la paz le acompañe!), desea visitar a mi padre en esta su ciudad capitalina. Pues bien, ya no es un rumor, sino una certeza. Mientras escribo su embajada viene hacia aquí a traernos noticias. Sumamente grande es el alborozo de la cuidad, pletórica de júbilo y agradecimiento. Mi padre ha ordenado a su primer secretario que haga los debidos preparativos.

DÍA DECIMOTERCERO

Hoy han llegado unos hombres de confianza a decirnos que la embajada se ha quedado en el oasis de Balka, a dieciocho jornadas de viaje en dirección sur.

DÍA DECIMOCUARTO

No se habla más que de las buenas nuevas y de la embajada. Al romper el alba se pusieron en camino los emisarios de mi padre con toda su pompa y boato, llevando obsequios de oro y piedras preciosas, especias y trajes de gala. Una tropa reluciente desfiló sus pendones ante mí al son de su música marcial hasta hastiarme con su gentío y su alboroto. Las multitudes apiñadas en los tejados o gritando en pos de ellos eran imposibles de enumerar. Hoy es un gran día.

DÍA DECIMOQUINTO

Mi padre ha mandado engalanar el palacio de las Palmeras para honrar al embajador que está por venir con su séquito. Ochocientos artesanos y artistas han recibido orden de ponerse a pintar, dorar y restaurar.

DÍA DECIMOSEXTO

Visita al museo a ver los ropajes de hojas de higuera y las extrañas pieles sin curtir que usaban nuestros padres del Edén en los viejos tiempos. Y también la célebre espada «que arrojaba llamas» en manos del querubín. Precisamente ahora que la ciudad está atestada cuentan que el museo apenas tiene cabida para unos pocos miles mientras el gentío clama a diario por entrar a ver las reliquias. Para mirar lo que miran las gentes corrientes, oír lo que oyen ellas y no convertirme yo mismo en un entretenimiento aturdido por las zalamerías que reciben los de mi clase y condición, acudí disfrazado de simple mohac, sin el lastre de un esclavo siquiera.

Centenares de guías recorrían las amplias estancias dando a la ávida tropa una explicación de las maravillas allí reunidas. Por lo que pude ver no enseñaban las mercaderías al azar, sino en una secuencia rígida acompañada de un discurso que, a fuerza de repetirlo, se había convertido en una sucesión inmutable de palabras secas, despiadadas, vacías de toda naturalidad y sentimiento, como si las hubiera creado una máquina. El hombre a quien seguía yo llevaba en su puesto cuatrocientos años, cacareando el mismo discurso un día sí y otro también. Al cabo de tantísimo tiempo ya no es dueño su mandíbula, que, una vez iniciado el discurso, queda a merced de Dios, el único capaz de detenerla. La retórica y la necia facundia que en tiempos pudieron resultar vistosas, en esta ocasión casi hacían reír o llorar de lástima por su simplonería y dejadez. Pobre anciano cretino. Tres veces le interrumpí para ponerle a prueba. Y fue tal como lo había imaginado. Le hice perder el hilo y tuvo que volver a empezar desde el principio. La cosa fue de esta guisa. Decía él: «He aquí un arma pavorosa, siniestro recuerdo de aquel aciago día en que ardían las hogueras feroces cuya pálida luz bañaba los oscuros llanos del Edén...». Entonces, interrumpiéndole, le pregunté sobre una pieza enorme etiquetada como LA COPIA CALCADA DE LA LLAVE DEL PARAÍSO CUYO ORIGINAL YACE EN LA CASA DEL TESORO DE CAÍN EN LA LEJANA CIUDAD DE ENOC. Con el rostro lleno de desazón el anciano guía buscaba una respuesta, pero tras fallar una y otra vez procuraba regresar al lugar donde había abandonado su lamentable discurso. Al no lograrlo retrocedía una vez más y repetía con voz áspera: «He aquí un arma pavorosa, siniestro recuerdo de aquel aciago día en que ardían las hogueras feroces cuya pálida luz bañaba los oscuros llanos del Edén...». Aún le interrumpí dos veces más y cada una de ellas volvió él a su maldito «He aquí un arma espantosa». Pero al percibir entre la multitud señales de mofa y befa se tornó airado hacia mí, diciendo: «Aun siendo yo de baja condición y modesto oficio, sólo un hombre de rango mohac y descarada juventud es capaz de avergonzar a un anciano de mi edad con esa sorna». Preso de la ira, pues jamás había recibido un insulto hasta entonces, estuve a punto de decirle: «Por ley, quien ofenda a un miembro de la casa real se juega la cabeza». Pero me mordí la lengua y no hablé, decidido a crucificarle en otra ocasión, junto a toda su familia.

Entretanto, me costaba ver qué tenían de curioso las hojas de higuera para que las gentes no apartaran la vista de ellas. Además, no son hojas propiamente dichas sino más bien los esqueletos de cuyo tejido desintegrado sólo quedan las costillas o venas. Los burlones dicen que no nos faltarán las prendas originales del Paraíso mientras crezcan higueras y existan animales con los que poder renovar nuestros sagrados tesoros. En cuanto a mí, no hablo de ello, pues es lo más discreto. Pero me veo obligado a recordar que hoy tenemos en cada una de las siete ciudades LA ÚNICA Y VERDADERA ESPADA DE FUEGO DE LA EXPULSIÓN DEL PARAÍSO. Esto le hace a uno dudar.

En ese momento apareció el amado idólatra con su caterva de visitantes y me hallé sumergido en la multitud. Al distraerme me puse a soñar despierto, y perdido ya todo mi entusiasmo por las portentosas maravillas que me rodeaban, regresé a casa.

DÍA VIGÉSIMO

Ruego a dios que nos envíe pronto la embajada o las gentes no sabrán contenerse. Apenas se habla de nada salvo de la gran ceremonia y sus preparativos. Aun así, habrán de pasar días antes de que estas esperanzas den su fruto.

DÍA VIGÉSIMO SÉPTIMO

¡Que muera la generación de Jubal! Que se marchite la mano que no se detuvo tras inventar el ilustre órgano y el elegante arpa, sino que tras encerrar a un demonio inquieto en una caja concedió a los vagabundos el privilegio de triturarlo con una manivela y dio a su enjaulada angustia el nombre de Música. Este nuevo invento, que no ha cumplido el siglo de existencia, se ha propagado por todas partes como una pestilencia. Tanto es así que hoy en todas las ciudades se ven vagabundos de países extraños tocando estas horribles cajas en amor y compaña con un mono. Serían soportables si la música fuera variada, pero por desgracia sólo parecen tocar una melodía que debió de estilarse hace treinta años y no parece llamada a desaparecer hasta que el mundo se ahogue en ese ridículo diluvio que los necios beatos con mala bilis auguran cada cierto tiempo. Parece ser que con los fastos de la ciudad ha aumentado enormemente nuestra tropa de músicos de manivela, de manera que ahora tenemos ochenta mil tocando sin cesar esa lacrimógena cancioncilla llamada Ay, dale un beso a Jagag de parte de su madre. Verdaderamente, esta temporada me está resultando intolerable. Ni aunque condenaran a Jagag al infierno me quedaría tranquilo, pues me enfurece pensar que desde el día en que nació trajo sobre nosotros esta maldición.

DÍA SEGUNDO DEL MES SÉPTIMO DEL AÑO 747

Ayer llegaron al fin nuestros emisarios acompañados de la augusta embajada y mi padre salió a recibirlos a todos con gran boato a las puertas de la ciudad. Formidable era la procesión, curiosas las esmeradas vestimentas y todo muy digno de ver. La ciudad estaba loca de alegría. En la vida había visto nada semejante a este bullicio y alboroto. Las casas, palacios y calles se dejaban iluminados toda la noche. Quienes miraban la ciudad desde las cumbres del este decían que parecía un valle engarzado de piedras preciosas que titilaban con un bellísimo resplandor.

El embajador ha traído noticias y ya no hay duda alguna. Adán, en efecto, vendrá. La fecha ya está señalada: el año 787 o el siguiente. Se ha hecho una proclama pública y la ciudad entera vocea su alegría. Las órdenes de mi padre se han despachado para que comiencen los preparativos de tan majestuoso acontecimiento.

A partir de hoy comenzarán los juegos y otros entretenimientos para honrar al embajador. Mi padre ha anunciado que la ciudad estará en fiestas durante los dos meses que ha de durar todo esto.

AUTOBIOGRAFÍA DE EVA

Amor, paz, comodidad, alegría inagotable… Todo eso era la vida en el Jardín. Estar vivos era un placer. No había dolor alguno ni debilidades o achaques que marcaran la huida del tiempo. La enfermedad, la zozobra, la tristeza… se sabía que existían afuera, pero no en el Edén. Allí no había lugar para estas cosas, que no entraban jamás. Todos los días parecían iguales, todos un dulce sueño.

Muchos eran nuestros pasatiempos, pues teníamos el candor de un niño ignorante. Nuestra ignorancia era tal que hoy resultaría inconcebible. No sabíamos nada, nada en absoluto. Estábamos empezando desde abajo del todo, desde el principio. Debíamos aprender el abecé del mundo. Hoy un niño de cuatro años sabe cosas que nosotros, al no haber tenido maestros ni preceptores, seguíamos ignorando a los treinta. Nadie nos explicaba nunca nada. Sin diccionario era imposible saber si habíamos usado una palabra correctamente o no. Las palabras largas nos gustaban y ahora sé que a menudo las usábamos por su resonancia o empaque, aunque ignorásemos por completo su significado. En cuanto a la ortografía, eso sí que era un escándalo disoluto. Pero como todas estas pequeñeces nos importaban un comino, habíamos acumulado un amplio y aparatoso vocabulario aun despreciando los medios y los métodos.

Pese a todo una de nuestras pasiones era estudiar, aprender, indagar en el principio y el fin de cuanto se nos cruzaba en el camino, pesquisa que daba a nuestros días un esplendoroso y absorbente interés. Adán era, por naturaleza y vocación, un científico. En justicia puedo decir que yo también lo era y a ambos nos complacía emplear ese gran nombre referido a nosotros. Cada uno tenía la ambición de superar en descubrimientos científicos al otro, incentiva que espoleaba un pique amistoso y nos impedía sucumbir a costumbres poco provechosas y placeres triviales.

Nuestro primer hallazgo científico memorable fue la ley según la cual el agua y los fluidos semejantes caen cuesta abajo y no cuesta arriba. Fue Adán quien lo descubrió. Pasó días y días haciendo sus experimentos en secreto, sin decirme nada, pues quería estar absolutamente seguro antes de hablar. Yo sabía que su intelecto colosal estaba trastornado por algo de gran importancia, porque su reposo era intranquilo y se agitaba mucho al dormir. Pero al fin tuvo certeza de ello y entonces me lo dijo. Parecía tan extraño e imposible que me costaba creerlo. Y ese asombro mío fue su triunfo, su recompensa. Llevándome de arroyo en arroyo, por docenas, repetía sin parar: «¿Lo ves? Fluye cuesta abajo. En todos los casos fluye cuesta abajo, nunca cuesta arriba. Mi teoría era correcta. Queda demostrado. Queda establecido. Nada puede negarlo». Y era una verdadera delicia ver su alborozo ante este gran descubrimiento.

Hoy día a ningún niño le maravilla ver fluir el agua hacia abajo y no hacia arriba, pero entonces resultaba tan admirable e increíble como los demás sucesos con que me he ido topando. Es decir, que ese hecho tan simple lo había tenido ante los ojos desde el día en que me crearon, pero jamás lo había advertido. Aceptarlo y acostumbrarme me llevó un tiempo en que no podía ver un arroyo sin fijarme, voluntaria o involuntariamente, en la caída del agua, casi esperando ver incumplirse la ley de Adán. Pero al fin logré convencerme y no echarme atrás. A partir de ese día me habría quedado patidifusa en caso de ver una cascada yendo en sentido contrario. El conocimiento se adquiere con mucho esfuerzo. No nos lo meten en la cabeza de balde.

Esa ley fue la primera gran contribución de Adán a la ciencia. Durante más de dos siglos llevó su nombre: la Ley de Adán de Precipitación de los Fluidos. Desde entonces, dejar caer un par de halagos sobre este asunto bastaba para dulcificarle el carácter. Estaba muy orgulloso —huelga intentar ocultarlo—, pero no se envaneció. Jamás fue engreído, sino bueno, cariñoso y honesto. Solía quitarse importancia diciendo con una mueca de menosprecio que no era para tanto, que la Ley habría acabado por descubrirla algún otro científico. Pero también es cierto que si un desconocido le pedía audiencia y cometía la imprudencia de olvidar mencionarla, no se le volvía a invitar nunca más. Con el paso de los siglos el descubrimiento de la ley provocó una disputa que los organismos científicos prolongaron durante todo un siglo hasta concederle finalmente la autoría a otra persona más reciente. Fue un duro golpe. Adán nunca volvió a ser el mismo. Pasó seiscientos años con esa pena en el alma y yo siempre he pensado que le acortó la vida. Como Primer Hombre que fue, tuvo prioridad sobre los monarcas y la raza humana entera, además de gozar los honores propios de tan alto rango, pero estas distinciones no le compensaron de tan triste desafuero, pues él era un científico de verdad, no sólo el Primero. A mí me confesó más de una vez que, de haber conservado su gloria como Descubridor de la Ley de Precipitación de los Fluidos, se habría hecho pasar por su propio hijo, conformándose con ser el Segundo Hombre. Hice cuanto estaba en mi mano para consolarle. Le dije que como Primer Hombre tenía la fama asegurada y que habría un día en que el nombre del supuesto descubridor de la ley de que el agua fluye hacia abajo se olvidaría y extinguiría de la faz de la tierra. Y estoy convencida de ello. Nunca he dejado de creerlo. Ese día acabará por llegar.

El siguiente gran triunfo para la ciencia fue una contribución mía. Consistía, por así decirlo, en averiguar cómo se mete la leche dentro de la vaca. A los dos nos había maravillado ese misterio durante mucho tiempo. Llevábamos años siguiendo a las vacas —de día, se entiende—, aunque sin lograr sorprenderlas jamás bebiendo un líquido de ese color. Así que decidimos que, por fuerza, lo obtendrían por la noche. Entonces establecimos unos turnos para vigilarlas de noche. El resultado fue el mismo: un rompecabezas sin solución. Estos procedimientos eran propios de principiantes, pero ahora resulta obvio que eran poco científicos. Llegó un momento en que la experiencia nos enseñó mejores métodos. Una noche en que estaba yo ensimismada mirando las estrellas me vino una gran idea a la cabeza ¡y se abrió ante mí el camino a seguir! Mi primer impulso fue despertar a Adán para contárselo, pero logré dominarme y guardar el secreto. No pegué ojo durante el resto de la noche. Apenas vi asomar los primeros rayos pálidos de la aurora me adentré sigilosamente en el bosque y elegí un pequeño prado rodeado de maleza. Entrelazando unas ramas lo convertí en un corral bien seguro donde metí una vaca que ordeñé hasta dejarla seca, abandonándola allí cautiva. Como no había nada que beber, tendría que hacer su misteriosa alquimia o aguantar con el gaznate seco.

Pasé todo el día nerviosa, incapaz de hablar con coherencia de tan inquieta como estaba. Pero Adán andaba ocupado en inventar una tabla de multiplicar y no se dio cuenta. Al caer el sol —cuando Adán iba por 6 por 9 son 27 y estaba ebrio de alegría por su hazaña, tan ajeno a mi presencia como a todo lo demás— me escabullí a ver a mi vaca. Los nervios y el temor al fracaso me hacían temblar tanto la mano de que durante unos instantes fui incapaz de sujetarle bien la mama. Pero al fin lo conseguí y… ¡salió leche! Ocho litros. Ocho litros, así, de la nada. De pronto di con la explicación: la leche no le había entrado por la boca, sino que se había condensado desde la atmósfera, entrándole por el pelo. Corrí a contárselo a Adán. Su felicidad fue tan grande como la mía y su orgullo, inexpresable.

Al rato me dijo:

—Sabes, no sólo has hecho un descubrimiento importante y trascendental, sino dos.

Y era cierto. Hacía tiempo que una serie de experimentos nos habían llevado a la conclusión de que el aire de la atmósfera consistía en agua en una suspensión invisible. Además sabíamos que los componentes del agua eran el hidrógeno y el oxígeno, en una proporción de dos tercios del primero y un tercio del segundo, cosa que podía expresarse con el símbolo H_2O. Mi descubrimiento reveló el hecho de que había otro ingrediente más: la leche. Por eso aumentamos el símbolo, convirtiéndolo en H_2O, L.

DIARIO DE EVA. APUNTES SUELTOS

Otro descubrimiento. Un día noté que William McKinley no tenía buen aspecto. Es el primer león original y ha sido mi mascota desde el principio. Le examiné para ver qué le ocurría y descubrí que una col sin masticar se le había quedado atascada en la garganta. Como no conseguía sacarla agarré el palo de la escoba y se la metí por el gaznate. Esto le alivió. En el curso de mis investigaciones le había hecho abrir las fauces para poder mirarle la boca y fue entonces cuando le vi algo curioso en los dientes. Tras someterle a un cuidadoso examen científico el resultado fue una profunda sorpresa: el león no es un animal vegetariano sino carnívoro. ¡Come carne! Así fue creado, en todo caso.

Corrí a contárselo a Adán, que por supuesto se burló de mí, diciendo:

—¿Y de dónde se saca la carne?

Tuve que admitir que no lo sabía.

—Pues entonces estás viendo tan claro como yo que la idea es apócrifa. Jamás existió la intención de que comiera carne o, de lo contrario, se la habrían proporcionado. Al no haberle proporcionado carne, se deduce, necesariamente, que no hay carnívoros en el Plan General de las Cosas. Es una deducción lógica, ¿no?

—Lo es.

—¿Acaso tiene algún fallo?

—No.

—Muy bien. Entonces, ¿quieres añadir algo?

—Sí, que existe algo mejor que la lógica.

—¿De verdad? ¿El qué?

—Los hechos.

Llamé a un león y le hice abrir la boca.

—Mira a babor de la quijada superior —le dije—. Este diente alargado de aquí delante, ¿no es un canino?

Al verlo se quedó atónito y me respondió impresionado:

—¡Por todo lo sagrado, es cierto!

—Y estos cuatro de detrás, ¿qué son?

—Premolares, ¡si la razón no me engaña!

—¿Y qué son esos dos del fondo?

—Molares, si es que sé distinguir un molar de un participio pasado. No tengo más que añadir. Las estadísticas no mienten. Esta bestia no es herbívora.

Así es él: jamás mezquino, jamás celoso; siempre justo, siempre magnánimo. Si se le demuestra una cosa, cede enseguida con elegante magnanimidad. Por eso me pregunto: ¿merezco yo a este muchacho maravilloso, a esta hermosa criatura, a este espíritu tan generoso?

Hace una semana que pasó esto. Llevamos desde entonces examinando un animal tras otro y hemos descubierto que estas tierras son ricas en carnívoros hasta ahora insospechados. A día de hoy me parece verdaderamente impresionante ver a un tigre de Bengala atiborrándose de fresas y cebollas. Resulta de lo más impropio, aunque no me lo había parecido hasta ahora.

VARIOS DÍAS DESPUÉS

Hoy, estando en un bosque, oímos una Voz.

La buscamos, pero sin lograr encontrarla. Adán decía haberla oído antes, pero sin verla, pese a tenerla muy cerca. Según dice, es como el aire y no puede verse. Le rogué que me contara todo cuanto supiera de la Voz, pero sabe muy poco. Es del Señor del Jardín, asegura, que le ha pedido tenerlo bien atendido y cuidado. Y también le ha dicho que no comamos el fruto de un árbol concreto, porque si la probamos moriremos sin remedio. Nuestra muerte será infalible. Eso es cuanto sabe. Pero yo quería ver el árbol, así que dimos un largo y agradable paseo hasta el lugar aislado y hermoso donde se halla. Al llegar nos sentamos, lo miramos durante un buen rato y comentamos el asunto. Adán me dijo que es el Árbol del Bien y del Mal.

—¿El Bien y el Mal?

—Sí.

—¿Qué es eso?

—¿Qué es qué?

—Eso de lo que hablas. ¿Qué es el Bien?

—No lo sé. ¿Cómo quieres que yo lo sepa?

—Bueno, pues entonces, ¿qué es el Mal?

—Supongo que será el nombre de algo, no sé de qué.

—Pero, Adán, alguna idea tendrás.

—¿Por qué iba yo a tener alguna idea? Si nunca lo he visto, ¿cómo voy a poder figurarme lo que es? ¿Tú cómo lo imaginas?

Por supuesto, yo no tenía ni la menor idea y era irracional por mi parte exigirle a él que la tuviera. Hubiera sido imposible que alguno de los dos averiguáramos qué podía ser. Se trataba de una palabra nueva, como la otra. No las habíamos oído nunca y carecían de todo significado para nosotros. Tras rumiar el asunto durante un rato le dije:

—Adán, acuérdate de esas otras dos palabras desconocidas: Morir y Muerte. ¿Qué significan?

—No tengo ni idea.

—Pero ¿qué crees que significan?

—Hija mía, ¿no ves que me es imposible hacer una suposición aceptable sobre un asunto que ignoro por completo? Una persona no puede pensar sin tener materia sobre la que pensar. Es verdad, ¿no?

—Sí que lo es, pero qué molesto resulta. Precisamente porque no lo sé, tanto mayor es mi afán de saberlo.

Permanecimos un tiempo en silencio, recapacitando sobre el misterio aquel. Entonces di de pronto con el modo de resolverlo, algo tan sencillo que me sorprendió no haberlo pensado antes. Levantándome de un salto, dije:

—¡Seremos tontos! Tenemos que probar el fruto. Así sabremos lo que es morir y el asunto dejará de preocuparnos.

Adán vio que era una buena idea y acababa de ponerse en pie para coger una manzana cuando se nos acercó una criatura de lo más curiosa, un animal de una especie que no habíamos visto nunca. Y olvidamos el primer asunto, por supuesto, que no tenía un interés científico concreto, para correr tras otro que sí lo tenía.

Por valles y colinas, kilómetro tras kilómetro, perseguimos al bicho aquel que reptaba, trepaba y revoloteaba hasta llegar a una parte apartada al oeste del valle donde crece el enorme baniano, entre cuyos troncos múltiples logramos al fin atraparlo. ¡Qué alegría, qué triunfo! ¡Era un pterodáctilo! Ay, era un amor de bicho. ¡Y bien feo! Además, tenía un carácter del demonio y un chillido odioso. Llamamos a un par de tigres y nos llevaron de vuelta a casa con el animal, que tengo ahora a mi lado. Es tarde ya, pero no puedo soportar la idea de meterme en la cama, porque es un diablillo fascinante y una contribución a la ciencia verdaderamente soberbia. Sé que voy a pasarme la noche entera pensando en él y esperando a que amanezca para poder examinarlo y escudriñarlo y así intentar descubrir el secreto de su nacimiento y comprobar cuánto tiene de pájaro y cuánto de reptil, y ver si es un superviviente entre los más fuertes, cosa que dudamos a juzgar por su aspecto.

¡Oh, Ciencia, en tu presencia todos los demás intereses se disipan y esfuman!

Adán se acaba de despertar. Me pide que ponga por escrito esas cuatro palabras nuevas. Eso demuestra que él las ha olvidado. Pero yo no. Por su bien, siempre estoy atenta. Ya están anotadas. Es él quien está fabricando el Diccionario —según cree él—, pero he caído en la cuenta de que soy yo quien hace el trabajo. En fin, no importa, porque me gusta hacer todo lo que él quiera que haga. Y en el caso del Diccionario hago la labor con especial placer, porque así le evito la humillación, pobre hombre. Su ortografía es poco científica. Escribe catarro con k, y catástrofe con c, aunque los dos tienen la misma raíz.

TRES DÍAS DESPUÉS

Le hemos puesto Terry de mote y... ¡ay, es un amor! Llevamos tres días totalmente dedicados a él. Adán se pregunta cómo se las arreglaba la ciencia antes de llegar él y creo que tiene razón. El gato ha intentado matar a Terry, porque no le conoce, pero luego se ha arrepentido. Terry ha dado a Thomas un zarpazo de proa a popa que le ha dejado muy maltrecho en lo que a piel se refiere, y Thomas se ha alejado con el gesto de quien pretendía dar una sorpresa y ha tenido que pararse a pensar qué ha ocurrido para se la den a él. Terry es sencillamente grandioso. No hay otra criatura igual. Adán le ha examinado detenidamente y lo ha declarado un superviviente entre los más fuertes. Creo que Thomas no está de acuerdo.

AÑO 3

A principios de julio Adán descubrió que a uno de los peces del lago le estaban saliendo patas. El espécimen, de la familia de las ballenas, no era una ballena propiamente dicha, ya que estaba en un estado de desarrollo interrumpido. Era un renacuajo. Lo observamos con enorme interés porque si las patas llegaban a madurar y acababan siendo útiles, nuestra intención era desarrollarlas en el resto de los peces para que pudieran salir a darse un paseo y tener así más libertad. Nos preocupan mucho esas pobres criaturas eternamente mojadas, incómodas y restringidas al agua, mientras las demás son libres de jugar entre las flores y divertirse. Las patas se perfeccionaron, como era de esperar, y la ballena se convirtió en una rana. Acercándose a la orilla se puso a saltar y cantar alegremente, cosa que luego haría sobre todo por las tardes para demostrar su inmenso agradecimiento. Otras tardaron poco en seguirla y pronto tuvimos música abundante por la noche, lo que resultó ser una gran mejoría frente al silencio que había antes.

Decidimos sacar varios tipos de peces del agua y soltarlos por las praderas, pero en todos los casos fueron una decepción porque no les salieron patas. Era curioso. No conseguíamos entenderlo. A la semana volvieron todos al agua y allí parecían más satisfechos de lo que habían estado en tierra. Esto lo tomamos como una prueba de que a los peces, por norma general, no les gusta la tierra y que a ninguno de ellos les interesa en absoluto, excepto a las ballenas. A unos cuatrocientos kilómetros valle arriba había varias ballenas grandes en un lago bastante holgado. Y allá que se fue Adán con idea de desarrollarlas y aumentar su capacidad de disfrute.

Cuando llevaba una semana nació el pequeño Caín. Aquello fue toda una sorpresa para mí, pues no me podía ni imaginar que fuera a suceder algo así. Pero ya lo dice Adán siempre: «Es lo inesperado lo que sucede».

Al principio no sabía muy bien qué era aquello. Pensé que sería un animal. Pero al examinarlo vi que no, pues apenas tenía dientes ni piel y era un mico indefenso. Algunos de sus rasgos eran humanos, pero no tenía los suficientes como para justificar su clasificación científica dentro de esa especie. Por tanto, se inició como un lusus naturae —un capricho de la naturaleza— y ahí se ha quedado, de momento, hasta ver su posterior desarrollo.

Pero desde el primer momento la criatura me produjo un interés que iba en aumento día tras día. Luego aquello tomó un cariz más cálido y se convirtió en afecto, amor, incluso idolatría, hasta que me entregué con toda el alma a la criatura, invadida de una feliz y apasionada gratitud. La vida se había convertido en una delicia, un arrebato, un éxtasis, y yo esperaba con ansia día tras día, hora tras hora, minuto tras minuto, que regresara Adán para compartir conmigo esta dicha casi insoportable.

AÑO 4-5

Por fin ha vuelto, aunque dice que la criatura no es un niño. Tiene buena intención y ha estado amable y cariñoso, pero como antes es científico que hombre —lo lleva en su naturaleza— no acepta nada que no esté demostrado científicamente. Los sustos que me dio durante los doce meses siguientes con sus experimentos de estudiante son casi imposibles de describir. Para determinar qué tipo de pájaro, reptil o cuadrúpedo era el niño y averiguar para qué servía, lo sometió a todas las molestias e inconveniencias que se le ocurrieron. Y yo tuve que seguirle a donde fuera, día y noche, agotada y desesperada, para aliviar al pequeño de aquel sufrimiento y ayudarle a sobrellevarlo de la mejor manera posible. Por suerte Adán creía que yo lo había encontrado en el bosque, cosa que me daba una cierta ventaja, pues la idea lo empujaba a marcharse de cuando en cuando en busca de otro igual, dejándonos al niño y a mí descansar tranquilamente. Nadie imagina el alivio que suponía verlo abandonar sus espantosos experimentos, coger sus trampas y cebos y salir hacia el bosque. En cuanto desaparecía yo abrazaba a mi hijo con fuerza, lo cubría de besos y lloraba agradecida. El pobre niño parecía darse cuenta de que nos había pasado algo bueno y empezaba a patalear y gritar, enseñando sus encías desdentadas y sonriendo con esa feliz sonrisa de la niñez que parece llegar hasta el cerebro, o lo que tengan ahí dentro.

AÑO 10

El siguiente en llegar fue nuestro pequeño Abel. Nosotros tendríamos un año y medio o dos cuando nació Caín y unos tres o tres y medio cuando se nos sumó Abel. Para aquel entonces Adán ya había empezado a entender el asunto. Cada vez nos molestaba menos con sus experimentos, hasta que en torno al año de nacer Gladys y Edwina —que ahora tienen 5 y 6 años, respectivamente — por fin cesaron del todo. Tras clasificarlos científicamente a todos, tomó un gran cariño a los niños y desde entonces hasta el día de hoy la felicidad del Edén es perfecta.

Ahora tenemos nueve criaturas, de las que una mitad son niños y la otra mitad, niñas.

Caín y Abel están empezando a aprender. Caín ya sabe sumar igual de bien que yo y también multiplicar y restar un poco. Abel no tiene la agilidad mental de su hermano, pero parece suplir con perseverancia la falta de rapidez. Abel tarda tres horas en aprender lo mismo que Caín en una, pero Caín dedica las dos horas que le sobran a jugar. Así que Abel hace un camino más largo, pero como dice Adán: «llega a tiempo, en cualquier caso». Adán ha concluido que la perseverancia es una virtud y bajo esa categoría la ha clasificado en el diccionario. La ortografía también es un don, de eso estoy segura. Porque Caín, con toda su inteligencia, es incapaz de aprender ortografía. En eso es igual que su padre que, siendo el más listo de todos, tiene una ortografía desastrosa. A mí se me da bien, igual que a Abel. Todo esto no demuestra nada, porque no podemos deducir un principio con ejemplos tan escasos, pero sí parece indicar que tener facilidad para la ortografía es un don natural y un signo de inferioridad intelectual. Por el mismo razonamiento, su ausencia es señal de una gran capacidad mental. A veces, cuando Adán se dedica a una palabra larga como raciocinamiento para intentar ponerla por escrito y lo veo limpiarse el sudor de la frente mientras contempla el estropicio, lo adoro por tener esa grandeza intelectual tan tremenda y sublime. Es capaz de escribir tuberculosis de muchas maneras distintas.

Caín y Abel son unos muchachos estupendos que cuidan muy bien a sus hermanos y hermanas pequeños. Los cuatro mayores del rebaño pasean por donde quieren y en ocasiones no sabemos nada de ellos durante dos o tres días. Una vez perdieron a Gladys y volvieron sin ella. No lograban acordarse exactamente dónde ni cuándo la habían echado de menos. El sitio estaba lejísimos, decían, pero no sabían cómo de lejos, porque no conocían bien esa parte del bosque. Sólo supieron decirnos que habían visto muchos arbustos de una planta a la que llamamos belladona sin saber muy bien por qué. No significa nada, pero es una de las palabras que oímos decir a la Voz hace ya tiempo y nos gusta usar palabras nuevas siempre que vengan a cuento, para que nos vayan sonando y sean más manejables. A los niños les gustan los frutos de esos arbustos y dieron un largo paseo mientras iban comiéndolos. Después de eso quisieron irse a otra parte del bosque y fue cuando echaron de menos a su hermana, que no les contestó al gritar su nombre.

Gladys no volvió al día siguiente. Ni al otro, ni al otro. Pasaron tres días más y seguía sin aparecer. Era muy extraño. Como jamás había pasado nada parecido, se nos despertó la curiosidad. Adán opinaba que si seguía un día más sin presentarse, o dos a más tardar, deberíamos mandar a Caín y Abel en su busca.

Y eso fue lo que hicimos. Pasaron tres días fuera, pero la encontraron. Gladys había vivido varias aventuras. La primera noche al ponerse el sol cayó a un río y la corriente la arrastró durante horas, dejándola tirada en un banco de arena. Acabó viviendo con una familia de canguros que la acogieron con hospitalidad, ya que eran muy sociables. La madre canguro era cariñosa y maternal. De vez en cuando se sacaba a los hijos de la bolsa y se iba por los montes y valles en busca de las frutas y nueces más selectas, volviendo siempre a casa con la bolsa llena. Además, rara era la noche en que no recibían visita —osos, conejos, águilas ratoneras, pollos, zorros, hienas, turones, entre otras criaturas— y todos se divertían y jugaban tan felices. Los animales parecían compadecer a la niña por no tener pelo en el cuerpo y de noche le protegían la piel envolviéndola en hojas y musgo. Y así fue como se la encontraron los niños, tapada de pies a cabeza. Parece ser que los primeros días le dio la ñoñería, pero luego se le pasó.

Por cierto, ñoñería es una palabra que se ha inventado ella. La hemos metido en el Diccionario y en breve decidiremos su significado. Tenemos que procurar relacionarla con las palabras que ya conocemos, pero no parece tener una raíz común con ninguna de ellas. Hacer un diccionario es una labor enormemente interesante, pero dura, como dice Adán.

ANOTACIÓN DE LA AUTOBIOGRAFÍA DE EVA. AÑO 920 DE NUESTRA TIERRA

Ay, la verdad es que en aquellos tiempos de simpleza e ignorancia jamás se nos pasó por la incauta mente el hecho de que nosotros, gentes humildes, desconocidas e inconsecuentes, estuviéramos amamantando, acunando y acogiendo el hecho más notable y portentoso que iba a suceder en el universo en los mil años siguientes… ¡la creación de la raza humana!

Lo cierto es que en los primeros tiempos el mundo era un lugar solitario, pero esa soledad tardó poco en modificarse. A los 30 años teníamos 30 hijos que a su vez tenían 300. Dos décadas después la población era de 6 000. Al final del segundo siglo ya había varios millones de personas. Como somos una raza longeva eran pocos los que morían. Más de la mitad de mis hijos aún vive. No dejé de quedarme embarazada hasta llegar a la mediana edad. Por lo general aquellos de mis hijos que sobrevivían a los peligros de la niñez siguen con vida, cosa que les sucedía igualmente a las demás familias. Nuestra raza consta ahora de miles de millones de vidas.

****

EL DIARIO DE SEM

UN DOMINGO DE 920 A. C.

Como siempre, nadie respeta las fiestas de guardar. Es decir, nadie salvo nuestra familia. Por todas partes hay multitudes de malas personas en plena jarana. Bebiendo, discutiendo, bailando, apostando, riendo, gritando, cantando… Hombres, mujeres, niños, jóvenes… todos hacen lo mismo. Y también se dedican a practicar otras infamias… Infamias de esas que no deben ponerse por escrito. ¡Menudo ruido! Trompetean con sus cornetas, aporrean cazos y sartenes, martillean instrumentos bárbaros y tañen tambores… más que de sobra para reventarle a uno los tímpanos. Y todo esto un domingo… ¡Imagínense! Mi padre dice que en los viejos tiempos no pasaban estas cosas. Cuando él era pequeño el domingo se respetaba y no había maldades, ni jolgorios, ni ruido. Sólo paz, silencio y tranquilidad. Y misa varias veces al día y al atardecer. Eso era hace casi seiscientos años. ¡Comparad aquellos tiempos con estos! Cuesta creer que haya cambiado todo tan deprisa que de lo anterior se acuerdan hasta los que aún no son viejos.

Hoy estas criaturas siniestras se agolpan en multitudes aún mayores que de costumbre para ver el Arca, merodear a su alrededor y burlarse de ella. Hacen preguntas y cuando se les dice que es un barco, se ríen y preguntan que dónde está el agua, aquí en mitad del llano. Al decirles que el Señor va a mandarnos desde el cielo agua suficiente para inundar el mundo entero, se burlan una vez más y dicen: «Eso cuéntaselo a los marineros».

Matusalén ha vuelto a venir hoy. No siendo la persona más vieja del mundo, sí es el anciano más ilustre que existe y se hace respetar por esa particular supremacía. Al verle aparecer cesan los gritos, se hace el silencio, los hombres se quitan el sombrero y todos le saludan con reverencia servil, susurrándose unos a otros: «Mírale… Ahí va… Tiene casi mil años… Conoció a Adán, según dicen». Es evidente que al viejo vanidoso todo esto le resulta de lo más agradable, pero avanza dando pasos cortos y con la nariz levantada, adoptando el aire distraído de quien medita sobre un asunto importante, como dando a entender que no se entera de cuanto ocurre a su alrededor.

Pero yo sé, por ciertos detalles, que Matusalén tiene arrebatos no sólo de celos sino también de envidia. Quizá no debiera mencionarlo, pues somos parientes políticos por ser mi mujer su tatara-tatara-tatara-tatara-tatara-tatara-tatara-tatara-tatara-tatara-tatara-tatara-tatara-tataranieta, o algo así, y aunque no lo diría en público, me parece inofensivo contarlo en la intimidad de mi diario, que es casi igual que decírmelo a mí mismo. Matusalén está celoso por lo del Arca, sin duda alguna. Le da rabia que no se lo hayan encomendado a él, en vez de a mi padre. El Arca ha causado tal impresión en todos los países del mundo que mi padre ha pasado de la oscuridad a la fama mundial, cosa que a Matusalén le da celos. Al principio las gentes decían: «Noé, pero ¿quién es Noé?». Sin embargo, ahora recorren muchos kilómetros para pedir su autógrafo. Esto fatiga a Matusalén.

Claro que él no tiene que pasarse noches enteras firmando autógrafos, como nos pasa a nosotros. Y me refiero a los ocho hermanos, porque Padre no puede hacerlos todos, ni siquiera una décima parte, con una mano tan vieja y agarrotada. Matusalén tiene un carácter de lo más desagradable. A mí me parece que sólo está contento cuando logra molestar a los demás. Siempre nos llama a todos nosotros —a mis hermanos, a mí y a nuestras esposas— «los niños». Lo hace porque sabe que nos ofende. Un día Jafet se atrevió a recordarle tímidamente que éramos todos hombres y mujeres. ¡Sus carcajadas se oían desde un kilómetro a la redonda! Cerrando los ojos en una especie de éxtasis burlón, frunció esos labios resecos mostrando los cuatro colmillos amarillentos de sus encías desdentadas, soltó una siniestra carcajada y dijo entre toses asmáticas:

—Hombres y mujeres, ¡vosotros! Decidme, ¿qué edad tenéis, reliquias venerables?

—Nuestras mujeres tienen casi ochenta años. Y de nosotros el mayor soy yo, que cumplí cien en primavera.

—¡Ochenta, válgame el cielo! ¡Cien, válgame Dios! ¡Y ya casados! ¡Dios mío, Dios mío, Dios mío! ¡Unos niños de cuna! ¡Unos muñecos de trapo! ¡Y todos casados! En mis días de juventud nadie hubiera permitido casarse a unos niños. ¡Qué atrocidad!

Pese a que Jafet le quiso recordar que más de un patriarca se había casado en su primera juventud, ¡no quiso escucharle! Siempre hace lo mismo. Si se le da un argumento que no logra rebatir, alza la voz y se defiende a gritos. De modo que lo único que puede hacer uno es cerrar la boca y olvidar el asunto. No se puede discutir con él, porque se consideraría un escándalo y una irreverencia. De nada serviría que nosotros, los hermanos, intentáramos contradecirle. Ni nosotros, ni nadie. Excepto el médico. El médico no le tiene ni miedo ni demasiado respeto. Dice que un hombre no es más que un hombre y que tener mil años no le hace estar por encima de los demás.

CARTAS DESDE EL CIELO

DESPACHO DEL ÁNGEL ARCHIVERO

Departamento de Peticiones, 20 de enero

Abner Scofield

Comerciante de carbones

Buffalo, Nueva York

Estimado señor:

Por la presente tengo el honor de informarle, tal como se me ha encomendado, de que su reciente acto de benevolencia y abnegación ha quedado registrado en una página del libro llamado Obras heroicas de la Humanidad. Me permito añadir que dicha distinción no es sencillamente extraordinaria, sino única.

En cuanto a sus plegarias para la semana que termina el día 19, tengo el honor de informarle de lo siguiente:

1) Que el clima haga subir el carbón de piedra 15 centavos la tonelada. Concedido.

2) Que la afluencia de trabajadores haga descender los salarios un 10 por ciento. Concedido.

3) Que bajen los precios del carbón de leña de la competencia. Concedido.

4) Que reciba una visita el hombre (o la familia del susodicho) que ha abierto un almacén de carbón al por menor en Rochester. Concedido, como se detalla a continuación: difteria, 2 casos, 1 mortal; escarlatina, 1 caso, con secuelas de sordera e imbecilidad. Nota: Esta plegaria debería haberse dirigido a los jefes de este funcionario en las oficinas centrales de Nueva York.

5) Que deporten al Infierno a las desesperantes muchedumbres que llegan diariamente a pedir trabajo o favores del tipo que sea. Esta petición se está considerando antes de llegar a la solución y el compromiso correspondiente,

pues parecer ser que contraviene otra de la misma fecha que se citará más adelante.

6) Que se aplique alguna forma de muerte violenta a un vecino que tiró un ladrillo al gato de la familia mientras el pobre daba una serenata nocturna. En lista de espera, pendiente de solución y compromiso debido a la contradicción con una plegaria de igual fecha que se citará más adelante.

7) Que «se aniquile la causa de las misiones». En lista de espera también, como la anterior.

8) Aumentar los beneficios de 22 230 dólares en noviembre a 45 000 dólares para enero y perpetuar a partir de entonces un aumento mensual proporcional «que sea satisfactorio». Petición concedida, aunque el comentario añadido se acepta con reservas.

9) Que un ciclón destruya las instalaciones y ciegue la mina de la compañía de Pennsylvania del Norte. Nota: No hay suministro de ciclones en la temporada de invierno. Se puede proporcionar una entrega fiable de grisú previa petición.

La citada lista se archiva con especial cuidado por tener su importancia. Las 298 súplicas restantes clasificadas bajo el encabezamiento de Providencias Especiales, Inventario A, para la semana que termina el día 19, se conceden en bloque, excepto 3 de los 32 casos que requieren una muerte inmediata, traspasados a enfermedad incurable.

Esto completa el pliego semanal de peticiones incluidas en esta oficina bajo el apodo técnico de Súplicas Secretas del Corazón que, por motivos evidentes, siempre reciben nuestra primerísima atención.

El resto del pliego de esta semana se clasifica bajo el encabezamiento de lo que denominamos Plegarias Públicas, categoría en la que aunamos las peticiones hechas en reuniones eclesiásticas, escuelas dominicales, reuniones escolares, liturgias familiares, etc. Estas plegarias tienen un valor acorde a la condición del cristiano que las haga. Según las normas de esta oficina los cristianos se dividen en dos grandes clases, a saber: (1) Cristianos practicantes (2) Cristianos profesionales. Estos, a su vez, se subdividen y clasifican atendiendo al tamaño, especie y familia. Por último, el prestigio se califica en quilates, siendo 1 el mínimo y 1000 el máximo.

En cuanto a su estado de cuentas para el periodo finalizado el 31 de diciembre de 1847, se le clasificó a usted de la manera siguiente:

Clasificación general: cristiano practicante

Tamaño: una cuarta parte del máximo

Especie: humana-espiritual

Familia: A de los Elegidos, División 16

Prestigio: 322 quilates de primera calidad

En cuanto al estado de cuentas del periodo recién finalizado, es decir, cuarenta años más tarde, se le ha clasificado a usted de la manera siguiente:

Clasificación general: cristiano profesional

Tamaño: seis centésimas partes del máximo

Especie: humana-animal

Familia: W de los Elegidos, División 1547

Prestigio: 3 quilates de primera calidad

Tengo el honor de llamar su atención sobre el hecho de que padece usted un deterioro evidente.

En cuanto al informe sobre sus Plegarias Públicas debo añadir que, con vistas a alentar a los cristianos de su grado o similar, es costumbre en esta oficina concederles muchas cosas que no se concederían a un cristiano de grado superior, en parte por no haber sido solicitadas:

• Plegaria para templar el clima piadosamente, teniendo en cuenta las necesidades de los pobres y los necesitados. Denegada. Esta es una plegaria hecha en una reunión eclesiástica. Se contradice con el punto primero de este informe, que es una Súplica Secreta del Corazón. Según una norma estricta de esta oficina, ciertos tipos de Plegarias Públicas de cristianos profesionales no pueden tener preferencia ante las Súplicas Secretas del Corazón.

• Plegaria de mejor vida y comida más abundante para «el hijo de manos ajadas por el trabajo, cuyo paciente y agotador esfuerzo hace habitables las casas y agradables los caminos de los más afortunados, para que bajo nuestra atenta y protectora vigilancia se libre de las maldades e injusticias a las que le llevaría la avaricia y reciba siempre la mayor ternura de nuestros corazones agradecidos». Plegaria de reunión eclesiástica. Denegada. En contradicción con la Súplica Secreta del Corazón N.º 2.

• Plegaria para rogar «que quienes obstruyan nuestras preferencias del modo que fuere sean bendecidos generosamente, tanto ellos como sus familias, pues ponemos nuestro corazón como testigo de que su prosperidad material nos enaltece espiritualmente, dándonos la más perfecta alegría». Plegaria de reunión eclesiástica. Denegada. En contradicción con las Súplicas Secretas del Corazón N.º 3 y N.º 4.

• «Que ninguno se deje llevar al dolor de la perdición por nuestras palabras o actos». Liturgia familiar. Recibida quince minutos antes de la Súplica Secreta del Corazón N.º 5, con la que claramente se contradice. Se sugiere que una u otra de estas plegarias se retire o que ambas se modifiquen.

• «Mostrar compasión con todos aquellos que nos ofendan, tanto en lo referente a nuestra persona como a alguna de nuestras propiedades». Aquí se incluye al hombre que tiró el ladrillo al gato. Liturgia familiar. Recibida minutos antes de la Súplica Secreta del Corazón N.º 6. Se sugiere modificar para evitar la contradicción.

• «Que la noble causa de las misiones, la más preciosa labor encomendada al hombre, crezca y prospere sin trabas ni límites en todas las tierras paganas que nos reprochan su oscuridad espiritual». Plegaria no solicitada y colada de rondón en una reunión del Consejo de América. Recibida casi medio día antes que la Súplica Secreta del Corazón N.º 7. Esta oficina no está en contacto con las misiones y no tiene relación alguna con el Consejo de América. Nos gustaría poder conceder alguna de estas plegarias, pero no podemos conceder ambas. Se sugiere retirar la del Consejo de América.

• En último lugar esta oficina quiere, por vigésima vez, llamar urgentemente la atención sobre su comentario anexo al N.º 8. No viene a cuento.

De las 464 especificaciones contenidas en sus Plegarias Públicas de esta semana y no mencionadas previamente en este informe, concedemos 2 y denegamos el resto. A saber: Concedido (1) «que las nubes puedan continuar con su labor; (2) y el sol con la suya». En cualquier caso, al coincidir con la intención divina le alegrará saber que no ha interferido en ella. De los 462 detalles no aceptados, 61 se pidieron en misa de domingo. En relación con esto debo volver a recordarle que no concedemos las plegarias de misa de domingo a los cristianos profesionales incluidos dentro de la clasificación conocida técnicamente en esta oficina como el grado John Wanamaker. Nos limitamos a archivarlas como «palabras» y cuentan a su favor según la cantidad acumulada en un determinado periodo de tiempo; se requieren 3.000 por cada cuarto de minuto o no hay tanteo; 4200 con posibilidad de llegar a 5000 es una puntuación muy común en la misa de domingo, por tratarse de expertos en la materia, y puntúa como dos himnos y un ramo de flores llevados por mujeres jóvenes a la celda de un asesino en la mañana de la ejecución. Los 401 detalles restantes sólo se emplean para hacer viento. Una vez agrupados los usamos como vientos de proa para retrasar los barcos de las personas molestas, pero se precisa reunir tantos para que se noten que nos cuesta lograr una cantidad apta para su uso.

Me gustaría añadir a este informe un comentario de mi puño y letra. Cuando ciertas personas hacen una buena acción de categoría considerable le damos mil veces más importancia que si lo hubiera hecho un hombre mejor, por el esfuerzo que supone. En este momento está usted muy lejos de su puntuación más alta, ya que algunos de los sacrificios que ha hecho usted exceden en mucho lo que podía haberse esperado. Hace años, cuando no pasaba usted de los 100 dólares y mandó 2 dólares a su pobre prima, la viuda, que le había pedido ayuda, hubo muchos en el cielo que no podían creerlo y la mayoría pensó que era dinero falso. Subió muchos enteros como persona cuando se demostró que estas suposiciones eran infundadas. Un año o dos después, cuando mandó a la pobre muchacha 4 dólares en respuesta a otro ruego, todos lo creyeron y aquí no se habló de otra cosa durante varios días. Dos años después, tras repetidas súplicas le mandó 6 dólares al morir el hijo menor de la viuda, acto que perfeccionó su buena fama. En el cielo todos decían: «¿Os habéis enterado de lo de Abner?» (aquí se le conoce cariñosamente como Abner). Sus crecientes donativos cada dos o tres años han hecho que su nombre vaya de boca en boca y que se le quiera de todo corazón. El cielo entero está pendiente de usted los domingos, cuando va a la iglesia en su elegante carro. Y al retirar la mano del platillo de las limosnas se alza una voz que llega a las murallas encarnadas del lejano Reino de los Muertos: «¡Otra moneda de Abner!».

Pero el culmen fue hace unos días cuando la viuda escribió diciendo que podría conseguir un puesto de profesora en un pueblo lejano si tuviera 50 dólares para hacer el largo viaje con los dos hijos que le quedaban. Sin dudarlo contó usted los beneficios que había sacado en limpio el último mes de sus tres minas de carbón —22 230 dólares—, les sumó los beneficios fijos del presente mes —más de 45 000 dólares, muy cerca de los cincuenta mil— y entonces sacó la pluma y el libro de cheques y le mandó ¡nada menos que quince dólares! ¡Ay, que Dios le bendiga y le guarde muchos años, corazón generoso! En el reino de los cielos no quedó un ojo seco. Y en plena sesión de apretones de mano, abrazos y alabanzas llegó desde el luminoso monte el decreto de conceder a este hecho los máximos honores, por encima de todos los sacrificios históricos de los hombres y los ángeles, y de consignarlo en página aparte, porque el esfuerzo que le había supuesto a usted era más duro y amargo que el de diez mil mártires entregando su vida en la feroz hoguera. Y todos dijeron: «¿Qué es la vida de un alma noble o diez mil almas nobles, comparada con quince dólares del puño agarrado del hombre blanco más tacaño que jamás haya pisado la faz de la tierra?».

Y era cierto. Y Abraham, llorando, vació de contenido su seno y lo etiquetó con la elocuente inscripción de Reservado; y Pedro, llorando, dijo: «Se le recibirá con una procesión de antorchas cuando venga». Entonces retumbó el cielo entero y todos se alegraron de que usted vaya a ir allí. Y en el infierno se alegraron también.

Firmado por poderes y estampado

con el Sello del Cielo,

EL ÁNGEL ARCHIVERO